《百家字谜》编辑委员会

主　编：苏剑

编　委：武骝、蔡芳、黄全来、熊辉、苏颖、顾斌、王刚

● 学生灯谜读物 ●
百家字谜·第一辑

黄穆灿
字谜300

蔡 芳/编

中州古籍出版社
·郑州·

图书在版编目（CIP）数据

黄穆灿字谜300 / 蔡芳编. —郑州：中州古籍出版社，2021.3

（百家字谜. 第一辑）

ISBN 978-7-5348-9549-4

Ⅰ. ①黄⋯　Ⅱ. ①蔡⋯　Ⅲ. ①谜语－汇编－中国　Ⅳ. ①I277.8

中国版本图书馆CIP数据核字(2021)第015701号

出 版 社：中州古籍出版社
（地址：河南省郑州市郑东新区祥盛街27号6层　邮政编码：450016）
发行单位：新华书店
承印单位：陕西隆昌印刷有限公司
开　　本：889mm×1194mm　　1/48
总 印 张：28
总 字 数：600千字
版　　次：2021年3月第1版
印　　次：2021年3月第1次印刷

总定价：120.00元（全套10册）
本书如有印装质量问题，由承印厂负责调换

作者简介

黄穆灿(1941—2016),男,福建省石狮市人。中国民间文艺家协会中华灯谜学术委员会会员,曾任三明市职工文联灯谜分会副会长,三明市化工厂合成氨厂山花谜社副社长,香港谜联社名誉顾问。1965年开始创作灯谜,获数十次佳谜奖。参加各地报刊灯谜竞猜活动获一等奖十次,并获"中华猜谜能手""中国灯谜百强"等称号。主编《山花谜苑》14期,其中4期被评为全国十佳谜刊。与蔡芳、林尚义合编的《唐诗灯谜百首鉴赏》于1999年4月荣获中国艺术研究院举办的共和国社会主义文学艺术五十年研讨会一等奖。主编的《中华字谜大全》于2009年8月获首届郭龙春谜书奖,此书与他主编的《中华字谜鉴赏大典》于2014年同时被评为"新世纪最受欢迎的谜书"。

主要字谜文章:《汉字之妙皆可入谜》

主要字谜专著:《中华字谜大全》(主编)

《中华字谜鉴赏大典》(主编)

序　言

苏　剑

汉字是中国文化标志性的符号,是记录汉语语言的文字,距今已有六千年左右的历史。汉字集音、形、义于一体,以其独特的美感和魅力卓立于世界各民族文字之林。古往今来,人们融合运用汉字音、形、义的灵性和特质,以特殊的思维方式诠释汉字、演绎汉字,创造出灯谜这种独特的中华民族传统文化形式。

灯谜题材包罗万象,无所不及,而所有灯谜都含有字谜的元素,可以说都是构建在字谜基础之上的。字谜在灯谜的"大家族"中虽形微体小,却是人们公认的"万谜之源"。字谜是最简易的灯谜,也是最灵活的灯谜要素,是学习猜制灯谜的基础。兹长安文虎社编纂出版《百家字谜》丛书,也是为发扬传承中华传统优秀文化而做的一件大有裨益的普及性事情。

20世纪80年代以来,是灯谜创作最为

活跃的时期,字谜创作也空前繁荣,尤其是字谜创作的手法有了开拓性的发展,表现形式更加多姿多彩,字谜作品数量亦蔚为大观。《百家字谜》丛书第一辑就是这个时期字谜艺术的结晶,是世纪之交海内外字谜创作的缩影,基本上代表了当代字谜创作的领先水平,反映出当代字谜创作的整体概貌。

《百家字谜》丛书是系统介绍当代灯谜名家字谜精品的系列丛书,"百家"入选者均为当代在字谜创作方面有突出成就或字谜艺术精湛的谜家。《百家字谜》丛书第一辑,共选编了10位谜家的字谜作品,可谓"臻臻至至,洋洋洒洒"。首批入选的10位谜家中,有已故灯谜泰斗柯国臻、字谜专家黄穆灿、台湾名宿吴学平,有德艺双馨的老一辈著名谜家郑百川、汪寿林,有承前启后的灯谜名家武骝、蔡芳等,也有近几年在字谜创作方面成绩显著的苏剑、章镳、熊辉等人。他们的字谜作品自成风格,各具特色,或古朴典雅,或清新自然,或白描写意,或灵巧奇趣,呈现出"百花齐放"的字谜艺术图景。

翻开《百家字谜》丛书,弘扬主旋律、突出正能量的灯谜作品俯拾皆是。例如:"织杼半融读书声（字）纾""教育后辈当尽孝（字）辙""寸土不丢保村庄（字）床""异地犹存故国心（字）域"以及"点滴改革见成果（字）单""和田名品，中国声誉（字）玉"，还有"四风之中奢为先（字）爽""为政不为民，民弃速罢之（字）整""奉献点点滴滴，赢得无上荣光（字）桃"等；再如："半掩浣花子美居（字）蒲""阳春晚景四方同，泊堤鹊影处处见（字）日"，等等。这些大手笔表现出了多样化的字谜之美。这些汉字和字谜的完美结合，让人感受到其无穷的艺术魅力。细细品读，在字形上能引起人们美妙而大胆的联想；在字音上能激发人们的兴趣，引起人们的共鸣；在字义上能增强或激发人们热爱中华民族文化的情感。汉字是字谜之源，字谜为汉字平添了新的文化内涵，丰富了汉字的艺术空间。

《百家字谜》丛书定位为普及型读物，可作为开展校园灯谜活动的读本，供中小学生和青少年爱好者学习猜制字谜借鉴之用。这套丛书，每个单行本由"作品精选"与"作品赏析"两部分组成。"作品精选"部分，选谜难易兼顾，雅俗共赏，每条谜都作了简注、解析，适合中小学生无障碍阅读。"作品赏析"部分，选取20—30条字谜代表作，邀请名家撰写评析短文，解读精华，激活亮点，启迪创作思路，有助于字谜猜制的普及和提高。

吾爱谜数年，又喜字谜创作，此次跻身其中，汗颜不已，自当是近距离学习前辈灯谜艺术造诣的绝佳良机，不敢懈怠。惟愿方家和读者打开《百家字谜》丛书这扇览胜之窗，尽情欣赏一窗美景、四面青山。纷呈的字谜精品，炼意传神，曲尽其妙，让你应接不暇；精妙的字谜赏析，酣畅淋漓，旨趣所归，让你品味称奇。步入这方园地，受各种典型谜法的浸濡熏陶，会让你起点更高、起步更实、起飞更快。《百家字谜》，带你跨进奇异的灯谜世界。

是为序。

2019年5月于西安白桦林居

目 录

作品精选

少笔画字 …………………………………… 003

5画字 ……………………………………… 004

6画字 ……………………………………… 006

7画字 ……………………………………… 010

8画字 ……………………………………… 016

9画字 ……………………………………… 022

10画字 ……………………………………… 032

11画字 ……………………………………… 043

12画字 ……………………………………… 051

13画字 ……………………………………… 058

14画字 ……………………………………… 061

15画字 ……………………………………… 065

多笔画字 …………………………………… 067

作品赏析

三径鸦鸣高树杈（少笔画字）丫	叶国泉/赏析	075
剑挂树梢季子留（5画字）禾	顾为善/赏析	076
棋前置斧不知愁（5画字）乐	方炳良/赏析	078
红掌拨清波（5画字）氹	杨志刚/赏析	079
更垂帘幕护窗纱（5画字）四	邱中尧/赏析	081
芳心错许如刀割（6画字）刘	吴楚鸿/赏析	082
计出蛾眉是掩鼻（6画字）讼	赵首成/赏析	083
城边曲径有人踪（6画字）圾	马啸天/赏析	085
鸡声明月清风里（6画字）肌	黄杏川/赏析	085
蛛丝结户门罗雀（6画字）网	杨耀学/赏析	086
行人弓箭各在腰（6画字）夷	郭少敏/赏析	088
陷入东窗终受捆（7画字）束	敖耀寰/赏析	089
海上卷来浪拍门（7画字）沪	田鸿牛/赏析	091
回廊六曲长相望（7画字）张	邱中尧/赏析	092
书声乐声和鼓声（8画字）股	蔡 芳/赏析	093
赊月洞庭头酒归（8画字）沽	陈振凡/赏析	095
侧听桑下有嬉声（8画字）析	杨耀学/赏析	096
郎潜白首至终遇（9画字）春	冯毅然/赏析	097
写尽人生分与聚（9画字）牵	蔡 芳/赏析	099
改革之日，人心思变（9画字）恰	钱燕林/赏析	100

谜面	作者	页码
鹊桥一日巧搭就（10画字）莺 ……	柯一沧/赏析	101
午来旧句正翻新（10画字）晌 ……	文汉源/赏析	103
楼灯一点人方睡（10画字）旃 ……	蔡经湘/赏析	104
寻春齐声唤牧童（10画字）桐 ……	吴旭初/赏析	105
深宫流水人隔墙（10画字）涡 ……	胡　皓/赏析	106
远山在望牧牛归（11画字）眸 ……	高庆樵/赏析	107
浪花四溅逐飞舟（11画字）涿 ……	蔡　芳/赏析	109
井边五柳伴桐生（11画字）梧 ……	陈国迁/赏析	110
画蛇之后犹添足（12画字）跎 ……	王幼堂/赏析	111
古梅半放小桥南（12画字）棠 ……	蔡大金/赏析	113
长大敢于缚虎来（12画字）蛰 ……	许祯祥/赏析	116
明月牵丝好定情（13画字）愫 ……	陈光亮/赏析	118
独对远山无常态（13画字）魂 ……	方建国/赏析	119
窗前半醉思夫切（13画字）窣 ……	顾为善/赏析	121
鲛人临走知情重（多笔画字）衡 …	师卫华/赏析	122

后　记 ………………………………………… 125

作品精选

少笔画字

帘钩挂新月（少笔画字）　　　　　　　　　乚丿

注：面出北宋·文同《极寒》诗。"乚"象形"帘钩"，"丿"象形如眉的新月。

收拾得早（少笔画字）　　　　　　　　　　旦

注："拾"视为数字"十"的大写。

厅前眉月状如镰（少笔画字）　　　　　　　历

注："丿"象形如眉新月，"丁"象形镰刀。

未展双眉望远山（少笔画字）　　　　　　　公

注："八"象形两道眉毛，"厶"象形远处的山峰。

为脱穷帽当思变（少笔画字）　　　　　　　办

注：用离损、移位手法。"穷"字脱去了"帽"（宀），余下"八力"；"当思变"提示要有变化，让两点产生位移，即变成"办"字。

圣上几回肯读书（少笔画字）　　　　　　殳

注：拆字提音扣合。"肯读书"提示谜底
　　"殳"读起来与"书"同音。

一钩新月上远山（少笔画字）　　　　　　允

注："乚"像个"钩子"，"丿"象形新月，
　　"厶"象形"远山"。

5画字

江雨送人归（5画字）　　　　　　　　　仝

注："氵"象形雨滴。（江）−（氵）+（人）
　　=（仝）。

日脚下平地（5画字）　　　　　　　　　旦

注："一"象形平地。

河中舢板伴涛声（5画字）　　　　　　　叨

注："河"字中部是"口"；"舢板"即小
　　船，"刀"古时亦指小船。"伴涛声"提
　　示谜底"叨"的一个读音与"涛"同。

更垂帘幕护窗纱（5画字）　　　　　　　四
注：谜面系宋·贺铸《浣溪沙》词句。
　　"四"字周边的方形好像雕"窗"之窗框，方框当中的"儿"就像垂挂在两边的"帘幕"（窗帘），细看这"帘幕"还在轻轻飘动。

白首随君好读诗（5画字）　　　　　　　失
注：拆字提音。"白"字首个笔画是"丿"，"君"会意为"夫"，二者相"随"合成"失"字。后缀"好读诗"提示"失"字读起来与"诗"字同音。

一人投命（5画字）　　　　　　　　　　叩
注："一人"投入谜底（叩）即成·"命"字。

钟铃四响务当行（5画字）　　　　　　　令
注：音形义三重扣合。谜面顿读为"钟/铃四响/务当行"。"铃四响"，提示谜底"令"的读音与"铃"读第四声相同；"务当行"提示"令"的字义，令出必

行;"钟"想象"令"的字形就像一口钟,喇叭口下还有一个小锤。

远山叠叠接平野(5画字) 丝

注:"丝"上半段象形重重叠叠的远山,底下的"一"象形"平地"。

6画字

一点过失乃守旧(6画字) 迁

注:拆字提义扣合。(一)+(过)-(、)=(迁)。"守旧"提示谜底"迁"的字义。

刚被太阳收拾去(6画字) 早

注:"太阳"义扣"日","拾"别解为数字"十"的大写。"日"与"十"合成"早"。

援锄掩土葬残花(6画字) 老

注:"援锄",扛着锄头,写意象形只看到

锄头的长柄"丿";"残花"取"花"字残缺的字素"乚";"土"明取。
（丿）+（乚）+（土）=（老）。

别后忽而心不定（6画字） 刎

注："别"后头是"刂","忽"去掉"心"为"勿"。

蛛丝结户门罗雀（6画字） 网

注：象形兼提义。门户象形为"冂"，两个"乂"像蛛丝交织，合成"网"字。"门罗雀"即用"网"捕捉，以用途提示"网"的字义。

鹅送羲之犹感人（6画字） 钇

注：东晋大书法家王羲之，爱鹅成癖。"鹅"约定俗成象形扣"乙";"羲之"以姓氏"王"借代相扣，因"王"的字形与"钅"的下方相似，用"犹"（犹如）加以说明;"感人"指还要有像"人"的字素"亻"。三者组合得"钇"字。

曲径来人欲上崖（6画字）　　　　　　　岌

注："彡"象形"曲径"，"崖"的上方为
　　"山"。（彡）+（人）+（山）=（岌）。

人行曲径近溪西（6画字）　　　　　　　汲

注："彡"象形"曲径"，"溪"的西边（即
　　左边）为"氵"。（人）+（彡）+（氵）
　　=（汲）。

条条垂柳正笼烟（6画字）　　　　　　　氚

注："川"像两条垂下的柳枝。"烟"一义为
　　"云气"，会意扣"气"。

从此倾心两相依（6画字）　　　　　　　伦

注："从"为两个"人"字；"倾"字中心为
　　"匕"；"从"与"匕"两相依靠，其中
　　一个"人"变异（亻），即成"伦"字。

犹见陌头草吐芽（6画字）　　　　　　　邪

注："陌"字前头是"阝"，"芽"吐掉
　　"草"（艹）为"牙"。

舟轻不觉入鸥群（6画字）　　　　　　　巡

注："辶"象形"轻舟"，"巛"象形成群的鸥鸟。

阶前皓魄出江南（6画字）　　　　　　　阴

注："阶前"，按方位取"阶"之前部"阝"；"皓魄"，月亮的别称，借代扣"月"；"阝"与"月"合成"阴"。江之北为阳，江之南为阴，"江南"提示谜底"阴"的地理特征。

四围栅栏护东邻（6画字）　　　　　　　阱

注："井"字象形四边围起的栅栏，"邻"的东部（即右边）为"阝"。

春醉芳心，半卧枝头（6画字）　　　　　朴

注：两次扣合成谜。季节"春"与五行中的"木"对应，借代相扣；"芳"的中心为"亠"，因醉态而颠倒成"卜"；合之成"朴"。"半卧枝头"再次离合扣"朴"。

一人在干，一人站着看，一个在捣蛋（6画字）　　　　　　　　　　　　似

注：谜底"似"的后面部分，像个在干活的"人"；前头像站着的人"亻"；当中"レ"像倒着的"人"，还有一个象形的蛋（丶）。

7画字

牵丝娶妇（7画字）　　　　　　　　　　纳

注："丝"指绞丝旁"纟"；"娶妇"即娶妻，妻即内人，义扣"内"。"牵""娶"都作为抱衬词，将"丝"（纟）和"妇"（内）组合为"纳"。

敌后工作紧密配合（7画字）　　　　　　攻

注："敌后"为"攵"，与"工"合成"攻"。

只手关门家半掩（7画字）　　　　　　　护

注：双重扣合。"只手关门"与"家半掩"两次与"护"相扣。

大匠挥斤十字坡（7画字） 夼

注："十字坡"，"十"字倾斜成了坡形，便转化为"乄"。（大匠）－（斤）＋（乄）＝（夼）。

一去晋北十三载（7画字） 邺

注："晋"字北部（即上方）为"亚"，去了"一"成"业"。"阝"象形阿拉伯数字"13"。

轻风细雨入楼台（7画字） 彤

注："彡"象形风吹细雨，"丹"象形楼台。

难断是非心不快（7画字） 块

注："是"用符号表示为"＋"，"非"用符号表示为"－"。"心不快"为"夬"。

贴耳低言信安然（7画字） 邸

注：假设法成谜。要贴合成"耳低言"三字，必须给谜底"邸"安上"信"的字素。

一径绕亭新月升（7画字）　　　　　尬

注：传统谜法中"介"字象形为"亭子"，"乚"象形绕亭的小径，"丿"象形"新月"。（一）+（乚）+（介）+（丿）=（尬）。

苍穹新月伴云低（7画字）　　　　　矣

注："苍穹"义扣"天"，"新月"象形"丿"，"云"字低端为"厶"。

总为浮云能蔽日（7画字）　　　　　县

注：谜面系李白《登金陵凤凰台》诗句。"云"和"日"合着一短横，如"云"蔽着"日"。"县"字像朦胧的"日"和"云"拼接而成。

直接解说才认同（7画字）　　　　　词

注："直"的笔画为"丨"，"说"义为"言"（讠）。（词）+（丨）-（讠）=（同）。

芳心错许泪遮眼（7画字）　　　　　　　汊
注："芳心"为"艹"，"错"的符号是
　　"×"，"泪"遮去眼（目）成"氵"。

只得徐妃半面妆（7画字）　　　　　　　佋
注：徐妃是南朝梁元帝妃子，名昭佩，貌美
　　而有才华。"半面妆"寓意"昭佩"二
　　字各取半边（"召"和"亻"），合之为
　　"佋"。

沦落浪迹居异乡（7画字）　　　　　　　纶
注："浪迹"形义皆可扣"氵"，"乡"字变
　　异成"纟"。（沦）-（氵）+（纟）=
　　（纶）。

国外难团圆，分居东西方（7画字）　呗
注："圆"难以与"国"字的外框（囗）团
　　聚，即为"员"。"员"分开两半改为
　　"左右"（东西）结构，便成"呗"。

回廊六曲长相望(7画字)张

找到一半,始料不及(7画字)　　　　抖
注:"找"取前半"扌";"料"去了开始部
　　分,余"斗"。

回廊六曲长相望(7画字)　　　　　　张
注:拆字提义成谜。"弓"形如六曲之回
　　廊,与"长"合成"张"。"相望"提示
　　"张"的字义。"张"一义为"看",如
　　"张望"。

与我携手来念书(7画字)　　　　　　抒
注:"我"义扣"予",与"手"(扌)合成
　　"抒"。"念书"提示"抒"与"书"读
　　音相同。

千里驰骋一豪侠(7画字)　　　　　　粤
注:拆字提义扣合。传统谜法常用"千里"
　　扣"马",把"马"从"骋"字中驰
　　去,剩下"粤"。"豪侠"提示谜底
　　"粤"的字义。

8画字

越鸟巢南枝（8画字） 枭

注："枭"字形就是鸟栖息在树枝上。树枝"木"在下方（即南部），故曰"南枝"。

残垣断柱拖枝斜（8画字） 卧

注："残垣"，即破墙，象形扣"臣"（形如砖头砌成的残墙一角）；"断柱"如"丨"；斜生一枝而出形似"、"。将"臣""丨""、"依序合为"卧"。

走马平桥卷后尘（8画字） 坦

注：象棋"马"走的步子是"日"，"平桥"象形"一"，"后尘"是"土"。（日）+（一）+（土）=（坦）。

侧听桑下有嬉声（8画字） 析

注："听"字一侧取"斤"，"桑"的下方是"木"。"嬉声"提示谜底"析"的读音与"嬉"相同。

花底离离弄日影（8画字） 苗
注："花"字底部离去为"艹"，"日"字连
　　上它的影子成"田"。

始交莫逆携手归（8画字） 拔
注："交"字初始笔画为"丶"，"莫逆"会
　　意扣"友"。

香儿插在香炉上（8画字） 典
注："典"字象形香炉上插着香条。

秧苗满筐待犁翻（8画字） 质
注：纯象形扣合。谜底"质"字下半段
　　"贝"翻了个底朝天，成"𧘇"状，很
　　像筐子里装满了秧苗。"质"字上半段
　　也翻个底朝天，很像农家耕田用的传统
　　农具"犁"。

晓日当空雁阵斜（8画字） 侥
注："雁阵"斜飞，象形"亻"。（晓）-
　　（日）+（亻）=（侥）。

江山来日盼一统（8画字）　　　　　　　　治
注："江"会意扣合"水"（氵）；"山"象形
　　为字素"厶"；"日"须"一"来统，逆
　　推由"日"消去"一"，扣出"口"部。

白头致仕曾有几（8画字）　　　　　　　　凭
注："白头"指"白"字的头一个笔画"丿"，
　　"仕"与"几"明取。

社址破土幸福来（8画字）　　　　　　　　祉
注："社址"二字的"土"都除去，成
　　"祉"。"幸福"提示"祉"的字义。

人前有话不宜直（8画字）　　　　　　　　诟
注："人前"为"丿"，"直"的笔画为
　　"丨"。（丿）+（话）-（丨）=（诟）。

马放南山日有旬（8画字）　　　　　　　　匋
注：生肖"马"与地支"午"对应相扣，
　　"午"放于"山"之南部（凵），构成
　　"缶"字。"日有旬"，指有"日"才有

"旬"字,则由"旬"消去"日"而余"勹"部。"缶、勹"组合为"匋"字。

日落江边一抹斜(8画字) 泊
注:"日"明取,"江边"取"氵","一抹斜"指笔画"丿"。

毕生抱负,终生进取(8画字) 批
注:数学"负"的符号是"—","生"的终笔画是"一"。(毕)+(—)+(一)=(批)。

弱柳从风疑举袂(8画字) 衫
注:"彡"象形被风吹动的柳丝。"袂",衣袖,扣"衤"。

星垂平野阔,月涌黄河流(8画字) 肌
注:谜面由杜甫《旅夜书怀》诗句"星垂平野阔,月涌大江流"演化而来。"星垂平野阔"象形扣"一";"月"明取;黄河在地图上是一个形如"几"

字的大弯曲，故而象形扣"几"。
"亠""月""几"组合成"肮"。

庭前双燕入画中（8画字） 卒
注："庭前"取"亠"，"双燕"象形扣
　　"从"，"画"字中心取"十"。

东郊一路梨花放（8画字） 陌
注："东郊"为"阝"；"梨花"色白，故扣
　　"白"。（阝）+（一）+（白）=（陌）。

战后老将半未归（8画字） 戕
注："老将"指过去的"将"字，即繁体字
　　"將"；"半未归"指去掉一半，余下
　　"爿"。"战后"为"戈"。

独坐渭滨垂大钓（8画字） 忝
注："独"义为"一"；"渭滨垂钓"，象形
　　的钓钩"亅"垂入平波则为"小"；
　　"大"字明取。（一）+（小）+（大）
　　=（忝）。

黄花开日未成旬（8画字）　　　　　　　　匊

注："黄花"指菊花，辐射形绽开，象形为
　　"米"；"日未成旬"，由"旬"消去
　　"日"余下"勹"部。

但见群鸥日日来（8画字）　　　　　　　　甾

注：谜底上部"巛"象形"群鸥"；下半
　　"田"字，由"日日"黏合而成。

滴水成泽绿半边（8画字）　　　　　　　　绎

注："绿"半边取"纟"。（泽）-（氵）+（纟）
　　=（绎）。

远山半绿入窗来（8画字）　　　　　　　　给

注："远山"象形"厶"；"窗"多为方形，
　　形扣"口"；半"绿"取用"纟"。

挥斧开陵挞楚王（8画字）　　　　　　　　所

注："斧"与"斤"是同一类用具，故"斧"
　　义扣"斤"。"开陵挞楚王"系伍子胥掘
　　墓鞭尸之举，"鞭"象形"丿"，加之于
　　"尸"，再与"斤"合成"所"字。

9画字

一夜浅水清（9画字）　　　　　　　残
注："夜"义扣"夕"。（一）+（夕）+（浅）-
（氵）=（残）。

郎潜白首至终遇（9画字）　　　　　春
注：面用"郎潜白首"之典拟就，谜作扣合
有典化无典。"郎"，丈夫，义扣"夫"；
"潜白首"，潜去了"白"的首笔，即
"日"；"至"的最终笔画是"一"。
（夫）+（日）+（一）=（春）。

日出高林光四射（9画字）　　　　　某
注："甘"字就像"日"的上方射出四条
光线。

半掩深闺时已暮（9画字）　　　　　持
注："半掩"取"扌"；"闺"字最深处是
"土"；"时已暮"推理"时"中之
"日"已落，剩下"寸"。

领导在前排洪水（9画字） 巷
注："导"前部为"巳"。（巳）+（洪）-
（氵）=（巷）。

察听草木俱皆兵（9画字） 茶
注：拆字提音扣合。"兵"乃"人"也，"草
木"与"人"合形为"茶"字。"察
听"提示谜底"茶"字读音听起来与
"察"相同。

拂晓枝头叫声喳（9画字） 查
注：拆字提音扣合。"拂晓"会意扣"旦"
（早晨），"枝头"按方位取字素
"木"，合之为"查"。叫声"喳"
提示谜底"查"的一个读音与"喳"
（zhā）相同。

如眉孤月照草亭（9画字） 荞
注："如眉之月"象形"丿"；"孤"，单一，
会意扣"一"；"亭"传统象形"介"。
（丿）+（一）+（艹）+（介）=（荞）。

信是人间七七时（9画字） 柬

注：拆字提义扣合。"七七"之和等于"十四"，"人"字加入"十四"之间形近于"柬"字。"信"提示谜底"柬"（信件）的字义。

寻找有方欠检点（9画字） 拽

注："方"，别解为方格，形扣"口"。（找）+（口）−（丶）=（拽）。

郎君七十已白头（9画字） 轶

注："郎君"义扣"夫"，"七十"拼成"车"，"白"字头部为"丿"。

秋雨滴滴洒田中（9画字） 科

注："秋雨"推理"秋"中之"火"被雨浇灭，剩下"禾"。

台后雀儿双踏枝（9画字） 咪

注："台后"是个"口"，"雀儿"成双象形"丷"，"枝"义扣"木"。

前方来客聊一笑（9画字）　　　　　哂

注："前方"，前面是个方格（口）；旧时客位在西，故而"客"借代扣"西"。"聊一笑"提示谜底"哂"的字义。

浪蹴半空花（9画字）　　　　　　　茳

注：谜面系陆游《冒雨登拟岘台观江涨》诗句。"浪"是"水"，即"氵"；"半空花"，取"空花"二字各半"工艹"。三个部件合成"茳"字。

直立终宵心不快（9画字）　　　　　殃

注："直"的笔画为"丨"，"终宵"义扣"一夕"，"快"字不要了"心"成"夬"。（丨）+（一夕）+（夬）=（殃）。

二月春来共举杯（9画字）　　　　　甭

注："二月"别解为两个"月"字连在一起，成为"用"。"春"属"木"；"春"（木）来才成"杯"，逆推出"不"。（用）+（不）=（甭）。

斜倚楼头对落花（9画字）　　　　　　秕

注："斜"指一个倾斜的笔画"丿"，"楼"之端头是"木"。"落花"指残损的"花"字，取"匕"部；"对"是一对，指两个"匕"。（丿）+（木）+（匕匕）=（秕）。

一人冲上勇当先（9画字）　　　　　　俑

注："一人"取一个单人旁"亻"，"勇"字当先部分是"甬"。

馆前来客夺冠回（9画字）　　　　　　饹

注："宀"象形为帽子，"客夺冠"（"客"字去了帽）余下"各"。

泥封函谷齐称善（9画字）　　　　　　美

注：拆字提义扣合。"泥"义扣"土"；"函谷"即函谷关，借代扣"关"；以"土"封"关"成为"美"字。"齐称善"提示"美"的字义，"美"与"善"都有"好"的义项。

田中寥落干戈乱（9画字）　　　　　　　哉

注："田"字当中"寥落"，意在减损"田"中之"十"，只留下"口"。"干戈乱"，将"干戈"二字打乱，"干"字倒置成"士"，并且"士"的下一横与"戈"中之横重叠连接成"戋"。"戋"与"口"合成"哉"。

厅前未进额先到（9画字）　　　　　　　庠

注："厅前"取"厂"；"未"是地支，扣生肖"羊"；"额"字当先是个"丶"。

春来桃发尺书迟（9画字）　　　　　　　逃

注："春"属"木"；由"春来"可生发出"桃"字，逆推得出"兆"部。由"尺"字书写上可成为"迟"字，逆推得出"辶"部。（兆）+（辶）=（逃）。

春色十分共举樽（9画字）　　　　　　　酋

注："春"借代扣"木"，长度"十分"为一"寸"。（樽）-（木）-（寸）=（酋）。

楼前独自泪斑斑（9画字）　　　　　　类
注："楼前"为"木"，"独自"会意扣"一人"，"泪斑斑"象形"丷"。

枝前双鹊报舟还（9画字）　　　　　　迷
注："枝前"为"木"，"双鹊"象形"丷"，"舟"象形为"辶"。

江湖十载结同心（9画字）　　　　　　洁
注："江湖"为水域，扣"氵"；"十"明取；"同"字中心为"一口"。

用心绘就一枝梅（9画字）　　　　　　举
注："用"字的中心部分为"丰"。梅花五瓣，象形为五个点状；"一枝"取字素"一"；"一"与五个点可组成"兴"字。（丰）+（兴）=（举）。

至今繁务已半清（9画字）　　　　　　矜
注：繁体的"务"字为"務"，清除掉一半余下"矛"，与"今"合成"矜"。

寒鸦多少又翻飞（9画字）　　　　　　疫

注："寒鸦"，鸟类，象形为"丶"状；"多少"会意扣"几"。（丶）+（几）+（又）+（左右翻转的"飞"）=（疫）。

午后星桥乱云翻（9画字）　　　　　　室

注："午后"为"十"，"星"象形"丶"，"桥"象形"冖"。（十）+（丶）+（冖）+（打乱的"云"字）=（室）。

杨枝垂水拨细浪（9画字）　　　　　　洲

注："川"象形杨柳低垂的枝条；横向的三个点状看成是平流的水面；"浪"是"水"，即"氵"。（川）+（丶丶丶）+（氵）=（洲）。

蛮触相争地覆天（9画字）　　　　　　美

注："蛮触之争"是蜗牛角两边小国的争端，取蜗牛角的形象扣"丷"；"地"义扣"土"；"天"明取，倾覆成"一大"。（丷）+（土）+（一大）=（美）。

话若及私终如失（9画字）　　　　　　　诶
注："话"义扣"言"（讠），"私"字终端为
　　"厶"，犹如"失"的字是"矢"。

鸳鸯枕畔伴三更（9画字）　　　　　　　籽
注："鸳鸯"是一对鸟儿，远望如两个点状，
　　象形为"丷"；"枕畔"取"枕"之边
　　（偏旁）"木"；"三更"正是子时，义扣
　　"子"。（丷）+（木）+（子）=（籽）。

汨罗一棹下飞舟（9画异体字）　　　　　洩
注："丿"象形为船桨（棹），笔画"斜钩"
　　象形为"飞舟"，与"汨"拼成"洩"。

流沙河畔，挨老猪一耙（9画字）　　　　洏
注："流沙河"三字偏旁都是"氵"，"而"
　　象形为猪八戒的钉耙。

改革之日，人心思变（9画字）　　　　　恰
注："日"经改革，化为"一口"。（一口）
　　+（人）+（忄）=（恰）。

前传巧配合,三投偏失手(9画字)　　段
注:"前传"为"亻";"投"失去偏旁的手
　　(扌),为"殳"。(亻)+(三)+(殳)
　　=(段),组合过程略作变形。

错失先机,当挂空头炮(9画字)　　砲
注:"错"的符号为"×","失先机"
　　("机"字失去前部)余下"几",
　　"炮"字空去头成了"包"。

似镜,似梳,似弓,似钩,似眉(9画
字)　　　　　　　　　　　　　胚
注:谜面描写月亮圆缺变化的各种形态。
　　谜底"胚"拆分为"月不一",别解为
　　"月亮变化不一的形态"以应合谜面。

日无闲暇原非真(9画异体字)　　叚
注:拆字提义扣合。"日无闲暇"系倒装
　　句,别义为"暇"字无"日",得出
　　"叚"。"叚"是"假"的异体字。"原
　　非真"提示谜底"叚"的字义。

10画字

雪晴映村落（10画字）   村

注："雪晴"，推理"雪"字中的"雨"没有了，余"彐"。"彐"与"村"参差组合成为"村"。

半帙春秋读得勤（10画字）   秦

注：拆字提音扣合。"半帙春秋"犹言"半部春秋"，取"春秋"二字各半"夫、禾"，合为"秦"。"读得勤"提示谜底"秦"读音与"勤"相同。

一树残花点点落（10画字）   莱

注："树"义扣"木"；"残花"指残缺的"花"字取"艹"。（一）+（木）+（艹）+（丷）=（莱）。

秋到村头枝瑟索（10画字）   栗

注：四季之"秋"与四方之"西"对应借代相扣，"村头"为"木"，合成"栗"。

"枝瑟索"提示谜底字义,"栗"有"因寒冷而颤动"之义。

天际乱尘雪前清(10画字)　　　珰
注:"天"字边际取顶上笔画"一","尘"字打乱为"小土","雪"字前面清掉为"ヨ"。(一)+(小土)+(ヨ)=(珰)

我到武夷把树栽(10画字)　　　桅
注:"我"义扣"己","武夷"是"山"。(己)+(山)+(木)=(桅)。

杏花隐处扁舟出(10画字)　　　速
注:将"杏"字笔画拆分重组,可成"束";"扁舟"象形为"辶"。

竿竿一串血泪痕(10画字)　　　监
注:"竿竿",象形为两竖"刂";"一"与"血"全取;泪痕象形为"丶";"串"为连接词。(刂)+(一)+(血)+(丶)=(刂)+(一)+(𠂉皿)+(丶)=(监)。

抬头明月正当头（10画字）　　　　　　　　捎
注："抬头"为"扌"，"月"字明取，"当头"是"⺌"。

来到闽中正两点（10画字）　　　　　　　　蚪
注："闽中"为"虫"，数学中"正"的符号是"+"。

夜半一枝斜吐出（10画字）　　　　　　　　哞
注："夜半"是子时，借代扣"子"；"一枝斜"象形为"丿"；"吐"明取。（子）+（丿）+（吐）=（哞）。

佳人赏月临窗前（10画字）　　　　　　　　胺
注："佳人"指女性，扣"女"；"窗前"取用字素"宀"。

风中斜叶遭雨残（10画字）　　　　　　　　唏
注："风中"为"×"，残缺的"雨"字取"巾"，二者与歪斜的"叶"字拼合成"唏"。

案头琴里挑文君（10画字）　　　　　　桌
注：拆字提义扣合。"琴"里（中心）的笔画
　　是"人"；"文君"，西汉才女卓文君，
　　借代扣合姓氏"卓"；"人"与"卓"合
　　成"桌"字。"案头"，操琴的几案，提
　　示谜底"桌"的字义。

来人浴后赛若仙（10画字）　　　　　　峪
注："浴后"为"谷"。"来人……赛若
　　仙"，则须由"仙"去掉"人"（亻），
　　逆推出"山"。

故人东去会仇人（10画字）　　　　　　敌
注："人"字去掉东部为"丿"；"丿"与
　　"故"合成"敌"。"仇人"提示"敌"
　　的字义。

客居东方度一生（10画字）　　　　　　牺
注：旧时客座在西，故"客"借代扣"西"；
　　"居东方"提示"西"字是谜底的东边
　　（右边）。"生"走掉"一"为"牛"。

蜂蝶纷纷过墙去（10画字）　　　　　　蚓

注：谜面系唐诗人王驾《春晴》诗句，下句
　　为"却疑春色在邻家"。"蜂蝶"为昆
　　虫。谜底拆解成"引虫"，别解为"昆
　　虫（被邻家的花）引过去了"。

朋自西来有主见（10画字）　　　　　　铍

注："朋"义扣"友"；五方中的"西"与
　　五行中的"金"对应借代相扣；古时
　　"、"即为"主"字。

鹄鸟飞之叫声噪（10画字）　　　　　　造

注："鹄鸟飞"减字扣"告"；"之"与偏旁
　　"辶"形近相扣是当代不少谜作者的习
　　惯用法。"叫声噪"提示谜底"造"字
　　读音与"噪"相同。

置腹推心占一绝（10画字）　　　　　　倬

注："置"字的腹部是"十"，"推"字的中
　　心是"亻"。（十）+（亻）+（占一）=
　　（倬）。

一弯新月鸟惊啼（10画字） 鸲

注："一弯"描述笔画之形像"丁"；"新月"如眉，象形"丿"；"鸟惊啼"义扣"鸣"。（丁）+（丿）+（鸣）=（鸲）。此谜妙在将"口"字嵌入"丁"中。

残秋孤月一抹斜（10画字） 脒

注：残缺的"秋"字取"火"部，"斜"表示笔画"丿"。（火）+（月）+（一）+（丿）=（脒）。

明月西移映残花（10画字） 脂

注：残缺的"花"字取"匕"部，同时将"明"字东（右）边的"月"移到西（左）边，组拼即成"脂"。

奇才八斗占诗先（10画字） 料

注："诗"字的最先笔画是"丶"，与"才八斗"合成"料"字。谜面"奇"字，交代其中笔画形状发生奇异的变化，如"才"字入底不带钩，"八"演变为"丷"。

阁内乐声伴歌起（10画字） 胳

注：拆字提音扣合。"阁内"，"阁"字内部为"各"；"乐声"指发声为"乐"（yuè）的字素"月"；"各、月"组合成"胳"。"伴歌起"提示谜底"胳"（gē）的读音与"歌"字相同。

双鹊踏枝入望中（10画字） 粑

注："双鹊"象形"丷"；"枝"扣"木"；"望"别解为"希望"，会意扣"巴"。"巴"，巴望。

老将带头兵奋前（10画字） 奘

注："老将"指繁体字"將"，其头部为"爿"；"兵"义扣"士"；"奋"字前面为"大"。

前头斜月临空山（10画字） 朔

注："前"字头部为"丷"，"山"中间空了成"凵"，"斜"指笔画"丿"。（丷）+（丿）+（月）+（凵）=（朔）。

芳心错许如丝乱（10画字） 紊

注："芳"字中心部位为"亠"；"错"的符号为"×"；"丝"以其略写之字"糸"替代。三者合成"紊"字。谜面"乱"字提示谜底"紊"的字义（紊乱）。

狂涛浪越高城长（10画字） 涨

注："狂涛浪越"，着眼于浪花飞溅状，象形扣"氵"；"高城"象形为"弓"，"弓"字形恰似图例中的城墙；"长"明取。（氵）+（弓）+（长）=（涨）。

却将微雨送黄昏（10画字） 酒

注："氵"象形雨滴，与"微雨"相扣；古人将一天分为十二个时辰，"黄昏"时段在酉时，故扣"酉"。

鸟雀溪边一树栖（10画字） 涞

注："鸟"与"雀"象形扣"丷"，"溪边"为"氵"，"树"扣"木"。（丷）+（氵）+（一）+（木）=（涞）。

汉中残雪掩长桥（10画字）　　　　　　浸
注："汉"明取，"残雪"取"彐"部，"长
　　桥"传统象形为"冖"。（氵）+（彐）
　　+（冖）=（浸）。

昭君出嫁展新姿（10画字）　　　　　　冢
注："昭君"即王昭君，中国古代四大美女
　　之一，泛扣一"女"字；"昭君出嫁"，
　　倒装替换为"嫁出一女"，得"家"
　　字；"展新姿"则将"家"的笔画移位
　　调整，成为"冢"字。

庭前孤月伴双星（10画字）　　　　　　疸
注："孤"，孤单，义扣"一"；"一"与
　　"月"组合近似于"且"字。

塞北亲人归，苦尽富当头（10画字）　宰
注：双扣成谜。"塞北"按方位取"宀"，
　　"亲"去掉"人"为"辛"，合成
　　"宰"。"苦"会意扣"辛"，"富"字
　　头部为"宀"，再次合成"宰"字。

人生重晚景（10画字）　　　　　　　　　　倞

注："晚景"，推理"景"字中的"日"已落
　　去，余"京"。

飞燕披衣出水池（10画字）　　　　　　　袘

注：有典化无典扣合。"飞燕"本指历史人
　　物赵飞燕，别解为"飞行的燕子"，象
　　形扣合"⺂"；"衣"以偏旁"衤"替
　　代；"池"出"水"（氵）为"也"。
　　（⺂）+（衤）+（也）=（袘）。

星星点点，残月低斜，柳线双垂（10画
字）　　　　　　　　　　　　　　　　　悌

注："星星点点"指四个点状"丶"；"残
　　月"如弓形，故扣"弓"；"斜"指笔画
　　"丿"；"柳线双垂"象形"刂"。

桃花人面俏无比（10画字）　　　　　　　骏

注："桃花"别解为桃花马，借代扣"马"。
　　"俏"同义扣"俊"。"俊"去掉"人"
　　（亻）后，与"马"组合成"骏"。

眼看一叶舟,出没浪花里(10画字)　　息
注:"眼"义扣"目","一叶"象形为"丿"。
　　"心"字底部卧钩象形小舟,上面三点象形浪花。

盖倾授策日方离(10画字)　　调
注:"盖倾"本指停车交谈,车盖接近,谈得很投机;谜中直接扣合古时车盖的形状"冂"。"策",计策,会意扣"计";"日方离","日"字的方格分离开,成为"一口"。"冂""计""一口"相嵌拼合而成"调"字。

阶前垂柳绽新芽(10画字)　　陫
注:"阶前"为"阝","非"象形为新芽初绽的垂柳枝条。

壶中周末反糊涂(10画字)　　冥
注:"壶"字的中部是"冖";"周末",星期六,会意为周六之日,义扣"六日"。"冖"与"六日"合成谜底

"冥"。"冥"字上中下结构,中部和下部书写顺序是"日六",谜面"反糊涂"提示字序应当反转,视为"六日"。

听其声音,如雷贯耳(10画字)　　　殷
注:音义双提扣合。"听其声/音"提示谜底"殷"(yīn)听起声来与"音"字相同。"如雷贯耳"提示谜底"殷"的字义,"殷"是多音字,当读成(yǐn)时则成了响雷的象声词。

11画字

阴差阳错(11画字)　　　　　　　　堕
注:"差",差错,符号为"×"(谜底字素"ナ"与之相近);"阳"性的符号为"+","错"以"非"的符号"—"表示。(阴)+(ナ)+(+)+(—)=(堕)。

铃声入耳听教诲(11画字)　　　　　聆
注:音义双提扣合。"铃声",提示谜底

"聆"读音与"铃"(líng)相同。"听教诲"提示谜底"聆"的字义。"入耳"附加提示谜底是带有"耳"部的字。

方塘春草月新生（11画字） 菌

注："方塘"象形"口"；"春"属木，借代扣"木"；"草"以部首"艹"替代；新"月"象形为"丿"。（口）+（木）+（艹）+（丿）=（菌）。

远山在望牧牛归（11画字） 眸

注："远山"象形为"厶"；"在望"，如在眼前，扣一"目"字；"牛"明取。（厶）+（目）+（牛）=（眸）。

天倾炼石足双搘（11画字） 砯

注："天倾"，"天"字顶上倾斜，扣"夭"字；"石"明取。"搘"同"支"，义为"支撑"；"足双搘"本义是用巨鳌的足支撑着，象形为"川"。

远山在望牧牛归（11画字）眸

表芳心，献上花一丛（11画字）　　　萃
注："表芳"二字中心取"丨、"，"花"字
　　上部为"艹"。（丨、）+（艹）+（一
　　丛）=（萃）。

倚望儿归泪涟涟（11画字）　　　眺
注："望"，目视，扣"目"；"兆"的左右四
　　个点象形两行泪水，与"泪涟涟"相扣。

长年牛女隔河望（11画字）　　　情
注："长年"，整年，即十二个月，"十二
　　月"交叉组合为"青"；"牛女"，指牵
　　牛织女两颗星，两颗星"隔河望"象形
　　为"忄"。（青）+（忄）=（情）。

梅枝透秀逸晚香（11画字）　　　透
注："梅枝"传统谜法象形为"女"；"透
　　秀逸"，"透"字逸出"秀"，余下
　　"辶"；"晚香"，据天晚日落推理，
　　"香"字中的"日"已不可见，得
　　"禾"部。（女）+（辶）+（禾）=（透）。

今日改革走在前（11画字）　　　　　　　　琀

注："今日"字素改装为"一含"，"走"字
　　前头是"土"。（一含）+（土）=（琀）。

流萤成对寺前来（11画字）　　　　　　　　蛵

注："流萤"是昆虫，扣"虫"；"对寺"二
　　字的前部是"又"和"土"。

窗前佳人把秋赏（11画字）　　　　　　　　铵

注："窗"字前头取"宀"，"佳人"义扣
　　"女"，"秋"属"金"（借代相扣）。

窗外幽篁掩曲廊（11画字）　　　　　　　　笸

注："窗"象形扣"口"；"幽篁"是竹子，
　　扣"竹"；"曲廊"象形为"匚"。

小雨连宵打叶声（11画字）　　　　　　　　液

注：拆字提音扣合。"小雨"示形、表义
　　均可扣"氵"；"宵"会意扣"夜"；
　　"氵""夜"合成"液"。"打叶声"提
　　示谜底"液"与"叶"字读音相同。

城畔梨花独占先（11画字）　　　　　猪
注："城畔"取"土"部；"梨花"色白，取
　　其特征扣"白"；"独"的先头为"犭"。

人到四十话偏多（11画字）　　　　　谏
注："话"的偏旁为"讠"。"人"与
　　"四十"交叉组拼相似于"束"字。

心怀故旧泪涟涟（11画字）　　　　　淮
注："故旧"，别解为过去的"旧"字，即
　　繁体字"舊"，其中心部位是"隹"。
　　"氵"象形泪滴，与"泪涟涟"相扣。

一第总怀故国心（11画字）　　　　　阈
注："第"，门第，义扣"门"；"故国"，
　　别解为过去的"国"字，即繁体字
　　"國"。"國"字中心是"或"。

州中乱雪落深潭（11画字）　　　　　渊
注：拆字提义扣合。"州中乱"暗示"州"
　　字中的三点"乱"作纵向排列，成

"氵",于是"州"便成了"氵川";
"米"象形雪花六出的形状;"氵川"
与"米"合成"渊"。"深潭"提示谜底
"渊"的字义。

错,错,错,铸此一大错(11画字)　爽

注:"错"的符号为"×",谜面有四个
　　"错"字,相应以四个"×"号替代。
　　四个"×"与"大"组合即成"爽"字。

搭乘游艇下江南(11画字)　　　　随

注:"游艇"象形"辶";水的南面为阴,故
　　"江南"义扣"阴";"搭乘"别解为搭
　　上个乘号"×"(谜中字素"ナ"视为
　　不太规范的乘号)。"辶、阴、ナ"组成
　　"随"字。

倾听春雨入溪声(11画字)　　　　浙

注:折字提音扣合。"倾"者,侧也,以此
　　可取"听"字的"口"或"斤";"春"
　　属木,借代扣"木";雨水象形为

"氵"。(斤)+(木)+(氵)=(浙)。"入溪声",点出谜底"浙"的读音与"溪"(xī)相同。

冬后晚来白日短(11画字) 谗

注:"冬后"为"夂";"白"一义为说,义扣"言"(讠)。(夂)+(晚)+(讠)-(日)=(谗)。

到乡翻似烂柯人(11画字) 绮

注:谜面系刘禹锡《酬乐天扬州初逢席上见赠》诗句,顿读作"到乡翻/似/烂柯/人"。"到乡翻","乡"的末笔翻成了提的笔画,成为"纟";"烂柯","柯"烂了"木",尚余"可";"大"呼应谜面"似……人"。"纟""可""大"合成"绮"。

乱雨三四点,洒向双飞燕,即使是水火,咱也不分离(11画字) 淡

注:双重扣合。"乱雨三四点"示形三个点

与四个点"氵""丷丷";"双飞燕"象形"人人";"氵""丷丷"与"人人"合成"淡"。谜面后两句描述字形是由"水"与"火"组成的,再次扣定"淡"字。

垂柳条条枝吐丝(11画字)　　　　　绯

注:"非"象形为两条长了叶子的柳枝,"丝"以偏旁"纟"替代。

12画字

东西南北中(12画字)　　　　　　　堉

注:"东西南北"义扣"四方",五方的"中"与五行的"土"对应借代相扣。

月下共携手(12画字)　　　　　　　揭

注:诗韵专著《平水韵》分为106韵,韵目表中入声字"曷"部列于"月"部之后。故"月下"别解为"月"下面一个韵部,即"曷"部。

画中疏柳寄相思（12画字）　　　　　　　彭

注："画"字中部取"十"；"疏柳"象形"彡"；"相思"别解为相思豆，扣"豆"。（十）+（彡）+（豆）=（彭）。

入夜好梦不忍分（12画字）　　　　　　　棼

注：加入"夜"（夕）好成为"梦"字，由"梦"去掉"夕"逆推出"林"。"林"与"分"合成"棼"。

双方别后约春归（12画字）　　　　　　　喇

注："双方"指两个方格，形扣"口口"；"别"字后头为"刂"；"春"借代扣"木"。（口口）+（刂）+（木）=（喇）。

人卧西楼烛已冷（12画字）　　　　　　　蛛

注："人"字卧状，扣字素"亻"；"楼"的西部是"木"；"烛已冷"，由冷推理"烛"火已灭，得出"虫"字。（亻）+（木）+（虫）=（蛛）。

武当高足常问心（12画字）　　　　　　　嵃

注：武当山是我国著名的道教名山，"武当"借代扣"山"；"足"字的高处是"口"；"常问"二字的中心部位是"口口"。（山）+（口）+（口口）=（嵃）。"嵃"古同"岩"。

此地无银三百两（12画字）　　　　　　　锆

注：谜底拆分为"告金"，别解作"是告诉这里有藏金"。

闺中独自把窗倚（12画字）　　　　　　　喹

注："闺中"为"圭"，"独自"义扣"一人"，"窗"象形为"口"。

得人和者非易也（12画字）　　　　　　　僲

注：谜面顿读作"得人 / 和者 / 非易也"。"人"以偏旁"亻"替代；将"者"作为虚词看，"和者"就成了抱合词；"非易"义扣"难"。（亻）+（难）=（僲）。

平波岸柳系兰舟（12画字）悲

堂前雪后逢君子（12画字）　　　　　　　笃
注："堂前"为"⺌"；"雪后"为"ヨ"；
　　"君子"指竹子，故扣"竹"。

平波岸柳系兰舟（12画字）　　　　　　　悲
注："平波"，将"氵"横过来放；"岸
　　柳"，岸边垂柳，象形为"非"；"兰
　　舟"象形为卧钩"乚"。三者组合成为
　　"悲"字。

雁阵斜临赤水滩（12画字）　　　　　　　傩
注："雁阵斜"象形扣"亻"；"赤"一义为
　　"空无所有"，故"赤水滩"别解为
　　"滩"字没了"水"（氵），扣"难"。

桂魄当空鹊鸟飞（12画字）　　　　　　　腊
注："桂魄"，月亮的别称，借代扣"月"。

条条柳丝拂玉轮（12画字）　　　　　　　腓
注："非"象形为两条长了叶子的柳枝；"玉
　　轮"，月亮的别称。

对着细想没思处（12画字） 缃
注：（细想）–（思）=（缃）。

洞中空自伴黄昏（12画字） 窗
注："洞"，洞穴，近义扣"穴"；"空自"，空去"自"中间的"二"画，余下外形；"黄昏"义扣"夕"。（穴）+（空去中心的"自"）+（夕）=（窗）。

三迁深巷择邻居（12画字） 扉
注："深巷"象形为"‖"；"三"字迁入"‖"，变异成"非"。"居"，居所，义扣"户"。"邻"，相邻，作抱合词。（非）+（户）=（扉）。

杯中倒映惊蛇影（12画字） 弼
注：以成语"杯弓蛇影"演化入谜。"弼"字中间的"百"像个倒置的杯子；所谓"蛇影"本是一把"弓"的影子，因而"弓"与它所映的影子共有两个"弓"的字形。

阵前下马步行来（12画字）　　　　　　　骘

注："阵前"为"阝"。（阝）+（马）+（步）
　　=（骘）。"下"说明"马"在下方。

近水楼前春已尽（12画字）　　　　　　　溇

注："楼"字前面的"木"（借代为"春"）
　　去尽，余下"娄"。

虽似近在眼前，但却逃之夭夭（12画字）　遁

注：拆字提义成谜。"眼前"为"目"，"遁"
　　相似于"近"与"目"参差拼合而成。"逃
　　之夭夭"提示"遁"的字义（逃脱）。

两相知，点点泪儿下（12画字）　　　　　短

注："两"义扣"二"，"点点泪儿"象形
　　"丷"。（二）+（知）+（丷）=（短）。

残红雁字斜阳底（12画字）　　　　　　　缇

注：残缺的"红"字取"纟"，"雁"排成的
　　字像"人"，"斜阳底"义扣"日下"。

13画字

汨罗芳草没天涯（13画字） 漠
注："芳草"以部首草字头"艹"替代；"没
　　天涯"，"天"字没了涯际为"大"。
　　（氵）+（艹）+（大）=（漠）。"罗"
　　作抱合词用。

夜来半醉在窗前（13画字） 酩
注："夜"义扣"夕"；半"醉"取"酉"；
　　"窗"象形为"口"。（夕）+（酉）+
　　（口）=（酩）。

湖畔六桥连一方（13画字） 滂
注："湖畔"取偏旁"氵"，传统谜法"桥"
　　象形为"冖"。（氵）+（六）+（冖）+
　　（方）=（滂）。

终岁不闻丝竹声（13画字） 歆
注：谜面系白居易《琵琶行》诗句。"歆"拆分
　　为"欠音"，别解为"欠缺乐音"。

虽是疑参母越墙（13画字）　　　　　　　蜗

注："参"，本指孔子的学生曾参，以孝著称。因误传曾参杀人，开始他的母亲不相信，但因听到第三个人也这样传的时候，他母亲信了，就翻墙离家而走。谜作扣合有典化无典。"虽是疑"，"虽"字上下部左右移位，故"疑"作字形疑似解；"参"别解为参与，表示字素组合；"冂"象形为院墙，"内"就像人在翻墙，以应合"母越墙"。"虽"与"内"参差组合成为"蜗"。

鳌头独占乘舟返（13画字）　　　　　　　遨

注："鳌"字的头部是"敖"，"舟"象形为"辶"。

一生藏典架充屋（13画字）　　　　　　　牖

注：谜面顿读作"一生藏／典架充屋"。"一生藏"系"生藏一"的倒装，拆解出"牛"，作偏旁为"牜"。"典架充屋"意即"典籍书册叠架屋（户）

内",由于谜底右下方字素近似古代书册的"册"字,叠架于"户",成为"扁"。(牛)+(扁)=(犏)。

共商妙计双眉解(13画字) 谪
注:"双眉"传统谜法象形为"八"。(商)+(计)-(八)=(谪)。

高亭夜半有啼声(13画字) 鹑
注:"亭"字高处为"亠";"夜半"是子时,借代扣"子";"啼声"义扣"鸣"。(亠)+(子)+(鸣)=(鹑)。

仰卧日中人坦腹(13画字) 腥
注:"宀"视为仰卧的人,"腹"会意为"肚"。(宀)+(日)+(肚)=(腥)。

轻舟侧畔日出时(13画字) 遛
注:"轻舟"象形为"辶";"畔"字侧边是"田";"日出时"别解为日出的时辰,即"卯"时。(辶)+(田)+(卯)=(遛)。

一年团聚泣已干（13画字）　　　　　　　靖

注："一年"共十二个月，"十二月"合成
　　"青"字；"泣已干"，推理"泣"字没
　　了"水"（氵），扣"立"。

获得大奖时已晚（13画字）　　　　　　　酱

注："时已晚"别解为天晚的时辰，即
　　"酉"时。

厢前目送佳人去（13画字）　　　　　　　睚

注："厢"之前为"厂"；"目"明取；"佳"
　　去了"人"（亻），成为"圭"。（厂）+
　　（目）+（圭）=（睚）。

14画字

杜鹃无语正黄昏（14画字）　　　　　　　膜

注："杜鹃无语"，即杜鹃不鸣，"鹃"字不
　　要了"鸣"成为"月"；"黄昏"义扣
　　"暮"，古时"暮"的本字是"莫"。
　　于是"月"与"莫"合成"膜"。

蓝田白石独生玉（14画字）　　　　　　　　碧
注：拆字提义扣合。谜面应顿读为"蓝／田／白石／独／生／玉"。"田"会意扣"土"，"白石"直接取用，"独"义为"一"，"生"为抱合词；"土一白石"组成"碧"字。谜面首字"蓝"，提示谜底"碧"字义（蓝绿色）；谜面末字"玉"，提示谜底"碧"的另一义项青玉（玉石的一种）。

二小抢先迎贵宾（14画字）　　　　　　　　僄
注："贵宾"，客人，借代扣"西"。

连日春来如柳风（14画字）　　　　　　　　飐
注："连日"，"日"连在一起为"田"；"春"属"木"，"春（木）来如柳"逆推扣"卯"。（田）+（卯）+（风）=（飐）。

南召百姓富甲一方（14画字）　　　　　　　嘣
注：双扣成谜。"南召"，河南县名。谜中"南召"按方位取"口"部，"百姓"

义扣"庶"民,"口庶"合为"嗻"。"富"义扣"庶"(富庶),"一方"别解为一个方格,形扣"口",二者组合再次扣"嗻"。

早茶细品迷途反(14画字)　　　　　模
注:拆字提音扣合。"早",早晨,会意扣"旦";"旦"与"茶"字素重组可成"模"字。"迷途反"的"反",在谜里是指用"迷途"二字反切注音。取"迷"字拼音的声母m,与"途"字拼音的韵母和声调ú,拼成mú,正是谜底"模"的读音。

林中藏一人,二口不团圆(14画字)　樊
注:"二口不团圆"别解为两个"口"字没有密闭,形扣"爻爻"。(林)+(人)+(爻爻)=(樊)。

艺高胆大独往来(14画字)　　　　　膜
注:"艺"字高端为"艹","大"去掉

"独"（一）成"人"。（艹）+（胆）+（人）=（膜）。

重帘宫里漫吹曲（14画字）　　　　　歌

注：拆字提义扣合。"帘"，传统谜法象形扣"丁"，古人有语"亚字栏杆丁字帘"；"重帘"即扣两个"丁"。"宫"的里头是"口"；"吹"字明取。"丁丁口吹"组拼成"歌"字。"曲"提示"歌"的字义（歌曲）。

三餐不继又反目（14画字）　　　　　馒

注："三餐"，一天所食，义扣"日食（飠）"；"目"反转成"罒"。（日飠）+（又）+（罒）=（馒）。

投鞭未必可填江（14画字）　　　　　瘂

注："鞭"，马鞭，象形为"厂"；"未"，地支，借代扣生肖"羊"。（厂）+（羊）+（江）=（瘂）。此处"羊"与"江"有些变形。

双鹊闹枝客人来（14画字）　　　　　　　傺

注："双鹊"象形为"丷"，"枝"为"木"，"客"借代扣"西"。（丷）+（木）+（西）+（亻）=（傺）。

15画字

阳春有脚实殷富（15画字）　　　　　　　踝

注：会意双扣成谜。"阳"义扣"日"；"春"借代扣"木"；"脚"义扣"足"（𧾷）；"日木𧾷"拼合成"踝"。"实"，果然、果实，义扣"果"；"殷富"，富足，义扣"足"（𧾷）；"果𧾷"合之亦成"踝"。

晓来疏雨湿秋千（15画字）　　　　　　　潮

注：拆字提义扣合。"晓"，拂晓，义扣"朝"；"疏雨"，稀疏的雨点，扣"氵"；"朝"与"氵"合成"潮"。谜面中的"湿"，提示谜底"潮"的字义。"秋千"，在谜中指谜格的一种——"秋千格"，格规是谜底限定两字，必

须倒读而扣合谜面。本谜"秋千"是用以提示"朝"与"氵"组合时"氵"应倒装在"朝"的前面。

为我画像人未来（15画字）　　　　豫
注："我"义扣"予"；"像"字的"人"（亻）还没来，扣"象"。

斜风细雨增相思（15画字）　　　　澎
注："斜风"象形"彡"；"细雨"形义均可扣"氵"；"增"义为"加"，以数学符号"+"替代；"相思"别解为相思豆，扣"豆"。

溪畔梧桐带月归（15画字）　　　　潸
注："溪畔"取"氵"；"梧桐"为两棵树，义扣"木木"。（氵）+（木木）+（月）=（潸）。

家家扶得醉人归（15画字）　　　　徹
注：谜面系王驾《社日》诗句，上句为"桑柘

影斜春社散"。谜底"馓"折分为"饣（食）散"，别解成"吃完散席而回"。

红烛已冷君归迟（15画字） 蝗

注："红烛已冷"，推理烛火灭了，"烛"去"火"为"虫"；"君"，帝王，会意扣"皇"。

六桥秋色芳草尽（15画字） 镑

注："桥"象形为"冖"，"秋"借代扣五行的"金"。

多笔画字

高高宫阙是广寒（多笔画字） 臀

注："广寒宫"，神话传说月亮中的宫殿。谜底"臀"折解成"月殿"以应合谜面。

盆栽三竹两竿护（多笔画字） 篮

注："盆"义扣"皿"（碗、碟、杯、盘一类用器的统称）；"三竹"错落，用

"竹"和"个"来替代;"两竿"象形为"刂"。(皿)+(竹个)+(刂)=(篮)。

楼畔美人明月下(多笔画字) 橹
注:"楼畔"取"木";"美人"别解为美人鱼,扣"鱼";"明"去"月"为"日"。(木)+(鱼)+(日)=(橹)。

林后水牛屋前归(多笔画字) 榨
注:"林后"为"木","屋前"为"尸"。(木)+(水牛)+(尸)=(榨)。

年高七十错生育(多笔画字) 辙
注:"年"字高端为"𠂉";"错"的符号为"×"。(𠂉)+(七十)+(×)+(育)=(辙)。

极柱之前鞭石催(多笔画字) 磨
注:"极柱之"的前头字素依次为"木木、";"鞭"象形为"广";"石"明取。

（木木丶）+（厂）+（石）=（磨）。

回文织锦诉衷情（多笔画字）　　　　缴

注："织锦"义扣"纺"；"诉衷情"，会意扣"白"（一义为"说"）。（文）+（纺）+（白）=（缴）。

两山排闼送青来（多笔画字）　　　　黜

注：谜面系王安石《书湖阴先生壁》诗句。"两山"排列成"出"；"青"一义为黑色，故扣"黑"。

项羽一统天下貌（多笔画字）　　　　霜

注：会意提音扣合。"天下"别解为"天在下雨"，扣"雨"（读去声，变为动词"下雨"的意思）；"貌"，相貌，义扣"相"；"一统"起组合作用，将"雨、相"合成"霜"。"项羽"本是历史人名，谜中暗示与组成谜底"霜"的字素"相、雨"同音。

月上枝头，城墙四面锁山多（多笔画字） 髁

注："月"明取；"枝头"扣"木"；"城墙"象形"骨"字上部，宛如城墙垛；"四面锁山"扣出"田"（四面都可看出"山"的字形）。（月）+（木）+（田）+（冂）=（髁）。

一掷千金市骏来（多笔画字） 骸

注："一掷……来"逆推扣"米"；"千金"，对他人女儿的美称，扣"女"；"市骏"，用"千金买马骨"之典，故扣"骨"。

番人求和安一方（多笔画字） 旙

注："求和"与"安"在此都作为加合词用。（番人）+（方）=（旙）。传统谜法"人"常以变形的"宀"替代。

似刀长风吹乱杏（多笔画字） 剺

注："刀"以偏旁"刂"替代；"丢"相似于"长"的繁体字"長"；"风吹"写意画

为"彡";"乱杏","杏"字打乱重组成"朿"。(刂)+(耂)+(彡)+(朿)=(劙)。

朔月当空归雁迟,人奔前路争先急(多笔画字) 蹘

注:"雁"去掉后面部分,余"厂";"前路"为"龴";"先急"为"ㄥ"。(朔)-(月)+(厂)+(人)+(龴)+(ㄥ)=(蹘)。

天下有分必有合(多笔画字) 霰

注:"天下"别解为天下雨,故扣"雨";"分"会意扣"散"。(雨)+(散)=(霰)。

西子姿色冠天下(多笔画字) 孀

注:"西子"即美女西施,扣"女";"姿色",相貌,义扣"相";"天下"别解为天下雨,扣"雨"。(女)+(相)+(雨)=(孀)。

两只老牛双离去（多笔画字）　　　　　犨

注："两只老"别解为两个老旧的"只"字，即繁体字"隻隻"。（隻隻）+（牛）-（双）=（犨）。

作品赏析

三径鸦鸣高树杈（少笔画字）丫

叶国泉/赏析

读罢本谜，很自然地忆起著名元曲作家马致远那首《天净沙·秋思》："枯藤老树昏鸦，小桥流水人家，古道西风瘦马。夕阳西下，断肠人在天涯。"可不是吗？本谜题意就是：在一个三条路径相交的三岔路口，高高的树杈上，有一只乌鸦正在呱呱地叫。你别小看面句短短七个字，却将灯谜创作中有关象形、谐音、会意、用典等多种手法融于一体，完美地结合，从而最终打造出一个灯谜精品来。

你看，面句中的"三径"典出于汉·赵岐《三辅决录·逃名》。汉时蒋诩辞官归乡里，塞门不出，舍中辟三径，唯与求仲、羊仲来往。晋代陶潜《归去来兮辞》有："三径就荒，松菊犹存。"后因以"三径"指隐士所居或家园。本谜有典化无典，把"丫"象形成三条路径会合在一起。再看，"丫"

的读音为yā，即与"鸦"读音相同，这才是"鸦鸣"的真正所指。而就字义来说，"丫"是指上端分权的东西，"高树杈"既可会意"丫"，还可象形树"丫"，这是巧合，也可以说是作者着意安排。

由此观之，谜作者通过对"丫"字的形、音、义三种因素进行独具慧眼的分析思考，从"三径""鸦鸣"和"树杈"三个方面分别扣合"丫"字，有如三支利箭一样，将谜底牢牢固定，使之三位一体，确凿不移。

若非作者慧眼识宝，焉能有如此惟妙惟肖之刻画、浑若天成之佳构。

剑挂树梢季子留（5画字）禾

顾为善/赏析

杜甫《别房太尉墓》诗："对棋陪谢傅，把剑觅徐君。"借前人事迹回顾他和房琯的交往。其中"挂剑"用的是吴公子季札的故事。他对这段故事情有独钟，在《哭李尚书》诗又一次用上："欲挂留徐剑，犹回忆戴船。"

在介绍故事之前,先介绍一下故事的主人公季子。"季子"本是通名,指兄弟行中最小的那位。如《史记·苏秦列传》中,苏秦问他嫂子为何前倨而后恭,嫂答说"以季子位尊而多金也"。此用以称小叔。面上的季子却是专名,指的是春秋时吴国公子季札。季札为吴王诸樊之弟,多次推让君位。封于延陵(今江苏常州),称延陵季子。

故事发生在馀祭四年(前544),季札出使鲁国时。《史记·吴太伯世家》:"季札之初使,北过徐君。徐君好季札剑,口弗敢言。季札心知之,为使上国,未献。还至徐,徐君已死。于是乃解其宝剑,系之徐君冢树而去。从者曰:'徐君已死,尚谁予乎?'季子曰:'不然。始吾心以许之,岂以死倍(背)吾心哉?'"后因以"挂剑"为对亡友守信义的典故。

面句据此拟就,简明地交代故事及其主人公,完全符合原典。剑像撇笔之形"丿","树梢"企"木"——用"树上"

也行,考虑平仄调谐取"树梢"。至此,底字已经突现。添上末三字,不仅出于忠实原典,交代完备的考虑,且再度用减法扣合:"季子留",留下"季"字的"子",余下部分便是底字。如用"季札"就不能扣合了。虽是小事一桩,却也马虎不得。故曰:此谜用典切当,造句明顺,选词精到,手法多变,连环扣合,耐人寻味。

棋前置斧不知愁(5画字)乐

方炳良/赏析

本谜化用"烂柯"典故。南朝梁·任昉《述异记》载:信安郡石宝山,晋时樵者王质,逢二童子弈棋,与质一物,如枣核,食之不饥,置斧子坐而观。童子曰:"汝斧柯烂矣。"质归乡间,无复时人。古云,天上一日,人间百年,故王质返家而不见同时代的人就在情理之中了。其实,神仙世界是人间理想社会的折射,俗谚"快乐如神仙"正是这种理念的写照。从这种意义上讲,谜面借用

"烂柯"典故，自撰七言句式，内容上合乎情理，形式上平仄协律，读来自然朗朗上口。

入谜则有典化无典，以形义法门双管齐下。"棋前"示形扣合"木"，测位准确；"置斧"的"斧"，摹形为"厂"，形象逼真；二者组合为"乐"字，天衣无缝。"不知愁"是用否定句式来陈述的，若换以肯定句式，最简练的答案是"乐""喜""欢"等。因谜面上半部已以形托出了"乐"字，故谜底的唯一性也就确定无疑了。

红掌拨清波（5画字）氶

杨志刚/赏析

在古代文坛上，曾被誉为"初唐四杰"之一的骆宾王，是位了不起的人才。《旧唐书·文苑传》说他是婺州义乌人，曾做过小官，怀才不得志。后在扬州随徐敬业起兵反对武则天，并作《讨武曌檄》，檄中痛斥武氏的种种罪恶，文辞严正，颇具说服力。当武则天读到文中"一抔之土未干，六尺之孤何托"时，也为之震动，并说："宰相安得失此人！"

如此大才，并非像现时的歌手艺人，一夜能成名。他幼时已文才洋溢，锋芒初露。《全唐诗》载有他七岁时所作的一首《鹅》诗："鹅、鹅、鹅，曲项向天歌。白毛浮绿水，红掌拨清波。"真不敢相信这个幼儿园大班的孩童竟能写出声色兼备、生机盎然之佳作，谓其神童，当之无愧也。

出自这首小诗的成句作题面，并扣一"氹"字，是谜人经深思熟虑后的再创作。

细察"氹"字之形，左下为"乙"，右上为"水"。这"乙"可拟作鹅之象形，但"水"在其上，只能理解为潜水之鹅，显然与诗中之"浮"有悖。此解不通，唯舍弃鹅身，而采用影视大特写的技法，聚焦于鹅掌，这"乙"字的笔势，方能精确地勾勒出鹅掌关节之动势，结合其上之"水"，是否酷似向左游动的鹅掌在拨动掌间之清波？尤为传神的是"乙"字末梢之一钩，正是鹅掌前端之爪。

更垂帘幕护窗纱（5画字）四

邱中尧/赏析

谜面引自宋·贺铸《浣溪沙》中成句。难得的是如此巧合，竟可用它来象形扣"四"字，真是惟妙惟肖，令人惊叹。足可见谜人的那种神奇聪明的联想思维和形象思维是何等丰富。

"四"字的周边方框，就像方形雕"窗"之窗框，自不待言；而方框当中的"儿"与垂挂在窗框两边的"帘幕"（窗帘）何其相似乃尔。细看，这"帘幕"还在晨风的吹拂下轻轻飘动……更有原句中"窗纱"一词中的那个"纱"字，最为耐人寻味。古时还无玻璃，一般平民人家，用白色的薄纸糊在窗上（宋·范成大《甲辰除夜吟》："窗纸昏明认朝暮"）；讲究的有钱人家则是用绿色的薄纱镶在窗上（宋·苏轼《阮郎归》："碧纱窗下水沉烟"）。所以在此谜中，窗子上的纱显然是不可能看得见的。然而有趣的也正是由于有了这一层看不见的半透明"窗纱",才为谜人最忌讳的这个"闲字"解了围,从而使该谜在运用诗词成句布面时做到无丁点缺憾。

回看其中的"更"字和"护"字,前者可用以专指将"儿"想象变"更"为垂挂的帘幕,后者则是不可或缺的动态连缀词。如此妙谜,在成句为面的字谜中,当属难得一见的天成佳品。

芳心错许如刀割(6画字)刘

吴楚鸿/赏析

谜面似描写一个少女被骗去真情的悲痛心境。语言流畅,平仄协调,足见作者构面造句功力。此谜有三种解析。其一,可将面句顿读为:芳心/错/许/如刀割。"芳心"别解为"芳"字的中心部分"宀","错"以批改符号"×"借代,"如刀割"扣"刂","许"直取"许配、配合"之义,呼应前后三部结合而得底。其二,面句可顿读为:芳心/错许/如刀割。"芳心"同前扣"亠","如刀割"会意扣"刈"字("刈"是用刀割），"错许"谬解为"交叉、配合"，借之申明底字书写的结构状态。其三，面句还可顿读为：芳心/错许/如刀/割，"割"提明底字有"杀"之义，双重扣合底字。我谓此谜，运法娴熟，字字落实，顺理得底，堪称能品。

计出蛾眉是掩鼻（6画字）讼

赵首成/赏析

谜面"掩鼻"用典，典见《韩非子·内储说下》及《战国策·楚策四》：魏王送楚王一位美女，楚王很爱她。楚王的夫人郑袖就对这位美女说：王是喜欢你的，但不喜欢你的鼻子；你若是在王面前老是掩住鼻子，那么就可以永远被宠爱。这位美女就按照郑袖的话做了。楚王问郑袖：她见到我老是掩住鼻子，是为什么呢？郑袖说：她说她怕闻你的臭气。楚王大怒，就把这位美女的鼻子给割了。从此郑袖一人专宠。"蛾眉"当指郑袖（郑袖亦是著名美女），其为楚怀王后，号称"南后"，花容月貌，能歌善舞，宠压后宫，然颇工于心计，观其令"新人"掩鼻之举止，正所谓"入门见嫉，蛾眉不肯让人；掩袖工谗，狐媚偏能惑主"（骆宾王《为徐敬业讨武曌檄》）是也。

作者巧借此典，推出谜底一个"讼"字，乍观之，乃使人如坠五里雾中，茫然不知所措：其"讼"于楚王前乎？抑或其"言"为"公"乎？此境恰如唐·韩偓《故都》诗中之云"掩鼻计成终不觉"，阅读者、射者俱被作者迷惑甚深矣！其实若冲出迷雾，当知面句中"蛾眉"与"鼻"均用象形，一若"八"，一若"厶"，又以"是"换作数学符号"十"，则"计"字出"十"而置"八"与"厶"，终成"讼"也。

如此峰回路转，乃得柳暗花明，无限风光，悉收眼底。此中机关妙设，迷离恍惚，"比类属辞，参互通变"，"意不厌诡，诡而能巧"（谢会心语），端赖作者笔下"潇洒自如，且能引经据典，灭尽针迹"（张郁庭语），尽显其艺术匠心，而使作品魅力大增，高迈超绝矣。

城边曲径有人踪（6画字）圾

马啸天／赏析

似是一幅"城郊风景"图，谜面深具山城气味，情趣盎然。谜底实取"城边"之"土"；"及"字之后部分"丂"中含有"人"字，其法甚新，人多不经意，扣合贴切，谜味甚浓。尤其平仄协和，北派谜作中不可多见者也，吾甚佩之，赞之！

鸡声明月清风里（6画字）肌

黄杏川／赏析

提音谜的创作技巧着重在谜面。如何把提音字巧妙地隐嵌在谜面中，使谜面整句意境合乎逻辑且读来朗朗上口，使猜者看不出该谜是采用提音法成谜的，方见技巧老到。一般提音谜作都是将提音部分安排在谜面的最后三字之中，而"鸡声明月清风里"一谜，却反其道而为之，作者把"鸡声"两字恰到好处地嵌入谜面之前部，使人不易捉摸，增加了回互其辞的效果。

斜月还挂在天边，轻风习习，报晓的鸡鸣声已响彻大地。谜面宛如一幅《雄鸡报晓图》，美丽的画卷给人一种美的感受。"鸡声"与底字"肌"前呼后应，可谓顺理成章。尤为巧妙的是把"鸡声"写为实景，猜者往往会从"咯"或"喔"等入猜而误入"歧途"。这种巧布"谜阵"的写法正是本谜可贵之处。

蛛丝结户门罗雀（6画字）网

杨耀学/赏析

用象形法制谜是黄穆灿兄的特色优长。黄的字谜有象形提义者，有象形提音者，本谜为前者。

底"网"字是内外结构，入谜两用象形。"冂"很像门户，两个"×"则像蛛丝交织,里外合而成"网"。"门罗雀"就是用"网"来捕捉,这就以用途提示了"网"的字义。

面句七字,首尾皆为动物:蜘蛛和麻雀。织了网,网住门,是本谜意境。大要有三。

一是网的应用。"网"和"罗"变抽象了。两个动物封门,一实一虚,前有形而后无形。

二是网的喻义。门前有蛛网、门前可捕雀,都说明门庭冷落无人来,但只有"门可罗雀"形成了成语(来源于纪晓岚)。门结蛛网虽然不是成语,但在多部电影里看到,人藏入洞为免于被搜索,故意门口挂了蜘蛛网,这是无人的迹象,追者止步。

三是网的进化。网鸟和有网悬挂,是人迹罕至的象征,冷僻而幽静。但今日之网,成为通信网络的简称,成为最热闹、最拥挤、最喧哗之地,这是谜作者、已经作古的黄穆灿先生所想不到的。时移世易,沧海桑田,这是看到本谜的延伸思索。

行人弓箭各在腰（6画字）夷

郭少敏/赏析

"车辚辚，马萧萧，行人弓箭各在腰。"《兵车行》起句极显杜诗的沉郁风格。《唐宋诗醇》评曰："篇首写得行色匆匆，笔势汹涌，如风潮骤至，不可逼视。"

诗与谜似乎有着千丝万缕的缘分，名句为面，让人在感情上很容易接受——不仅是读谜，而且立刻就被诗的意境所感染。

此谜谜底是"夷"，这是我无论如何也未曾料到的。正是这种"匪夷所思"，才显出此谜的独到之处，卓然不群！细细观察"夷"字，的确，中间的"人"很有行走的样子，而且走得步子很大，显出行军的急迫。而且此"人"腰间背着一张沉重的"弓"和一支像"一"的箭，多么形象、生动！"行人弓箭各在腰"，如此诠释"夷"字，似乎让这个字动了起来，夸大得不成比例的弓箭与迈着大步的"人"，似乎还暗喻着征途漫漫的艰辛。一个常用的字，一句著名的古诗句，竟然跨越时空，天然扣合，谜艺之神奇，令人叹为观止。

我不知作者成就此谜，是由字而及诗，还是由诗而及字。若是前者，自是博闻强记之功，厚积而薄发，所谓"冰冻三尺，非一日之寒"也。若是后者，则是个见浅见深的问题，浅者见其浅，深者见其深，更深者乃可见人所未见，能人所未能，运非常之法，臻化升之境。

陷入东窗终受捆（7画字）束

敖耀寰/赏析

"东窗事发"的故事是宋元间流行的传说。元孔文卿据此创作了《秦太师东窗事犯》杂剧。杭之金人杰有《东窗事犯》小说。此谜有警世作用。"东窗事发"是个成语，典源出于明·田汝成《西湖游览志余》卷四：传说宋代大奸臣秦桧欲加害爱国名将岳飞，曾与妻子王氏密谋于东窗。秦桧的儿子死后到了丰都鬼城,看见父亲与其同党万俟卨一同披枷戴镣、备受煎熬诸苦。他要其子告之夫人:"东窗事发矣!"

谜作者根据传说和历史典故进行再创作。"陷入东窗终受捆",拟面简洁明了,它告诉人们,任何阴谋活动都会有败露的一天,多行不义必自毙,恶人自有恶报,只是时间的迟早而已。

谜法合形会意。"东"以五行借代扣"木","窗"象形为"口",两字素可组合为"呆、杏、困、束"等多个谜底。那么,哪一字是它的唯一底呢?"陷入"二字显然有抱合和指示方位的作用,可以排除"杏、呆"二字,但"困、束"二字未免有判断不清的感觉。"陷"第二义为"凹进";第三义为"陷害",即"诬陷"和"陷害"的意思。"陷入"则比喻深深地进入,最后"终受捆"为正猜会意,因"束"有"束缚、捆绑"之义。至此,形扣意合不露斧痕,又能紧紧结合典故成谜,实是来之不易。赏谜到此,原已无需多言,但细心的读者可曾注意到"终"的妙趣?

"终"还有"结束"之义呢!轻巧地排除了多底。评文到此才真的结"束"了。

海上卷来浪拍门(7画字)沪

田鸿牛/赏析

"海上卷来浪拍门"与"开窗放入大江来"都具有襟三江带五湖之势,大气磅礴。谜面读来不但音律和谐,而且具有阳刚之美,气势不凡。"海上卷来"视作"海上"二字卷过来看,成为"上海",上海简称为"沪"。"浪"为"水"(氵);"门"为"户"之进口,"拍门"来,入户也,合为"沪"。双重扣合底字,干净利落。

此谜解析还有双解双通之妙:其一,"海上卷来"为"沪";同时,暗示"浪拍门"必然造成"水上人家"的结果——"沪"。其二,又可解为"海上卷来浪"扣"水"(氵),"拍门"直逼"户"字,"水户"合一,亦成谜底"沪"。这样的水上人家、海上人家岂不诱君神往?

回廊六曲长相望(7画字)张

邱中尧/赏析

一般人常常驾轻就熟地将"弓"信手描成"残月""曲桥"或"半弯残月"之类,然而此谜却别出心裁,将其想象为"回廊",多么独特精妙。而且还数出此"回廊"有六个折弯,即"六曲",细一看可不正是!("回廊"者,乃曲折回环之走廊也。杜甫《涪城县香积寺官阁》诗云:"小院回廊春寂寂。")有道是"于细微处见精神",此谜作者这种精雕细刻的认真精神实在令人折服。

一则字谜有时恰如匠人手中一件玉雕艺术品,细微处毫发分明,旷达处则大刀阔斧。简繁粗细相辅相成。此谜"弓"部之雕琢已是精细绝妙无疑,而其右半之"长"虽是直用其本形以显简练,却又能自然地和"回廊六曲"紧紧相联,喻此"回廊"确实是既"曲"又"长"也。这是多么地和谐优美。最后再以"相望"二字,犹似画龙点睛之笔,将谜底字义点明,至此全谜面底切合无隙,臻于完美矣。一件"六曲""回廊"的微型玉雕工艺品,就这样晶莹剔透地展现在读者面前。

观赏之余,似乎还觉意犹未尽,不禁要回过头来再品味一下其面句文字之美。全句七字,流畅跌宕,不仅写尽其"曲折回环"之韵律美,而且留给人无限的遐思。似乎觉得自己已置身在苏州"狮子林"园中,正在"张""望"眼前那美丽古朴的红色"回廊",曲曲折折伸展在鸟语花香碧水翠柳山石巉峻的环境之中,让人禁不住驻足不前,要尽情欣赏和享受这美景……

书声乐声和鼓声(8画字)股

蔡　芳/赏析

历史上东林党人所撰著名联语有"风声雨声读书声,声声入耳"之句。谜人言"书声乐声和鼓声",我辈亦不当充耳不闻。抑或是大千世界百音之嘈杂，抑或是乐声和鼓声伴着琅琅书声，抑或是苦读者不顾鼓乐之声灌耳仍然诵读不绝……

这都与谜法——面底扣合之法无涉。此作立足谐音而成谜，"书""殳"同音，"书"之声（即读音）"殳"也；"乐"（yuè）"月"同音，"乐"之声"月"也；"鼓""股"发音无差，"鼓"之声"股"也。由于读音的巧合，决定了谜面须当别解为：读音为"书"的字与读音为"乐"（yuè）的字混合起来就成了读音与"鼓"相同的字。值得注意的是，此谜属谐音连环双扣之作。

前半以"书"声（殳）与"乐"声（月）两者分扣后组成一个"股"字，后半将连词"和"当作动词"混合"看，把前半二者混合之后读为"鼓"之声，再一次谐音扣定"股"字。唯有这连环双扣才避免了谐音扣合的离散性，限定了谜底的唯一性和扣合的准确性。

双扣之谜，纯用谐音一法者，谜材十分

难得。"股"是常用汉字,人们往往司空见惯、熟视无睹,若非谜作者慧眼识珠,焉能守株待兔撞得如此之巧。

此谜面句犹如不太和谐的锅碗瓢盆交响曲,而与谜底扣合却紧切不移,如天造地设,文句音律中的不和谐全然融化于谜法语意变换的和谐之中。微乎,微乎,妙矣哉!

赊月洞庭买酒归(8画字)沽

陈振凡/赏析

本谜面句由唐·李白《陪族叔刑部侍郎晔及中书贾舍人至游洞庭》诗句"且就洞庭赊月色,将船买酒白云边"提炼演化而成,谐韵合辙,文采流溢。成谜巧用双扣:"洞庭"会意为"湖","赊月"后拆解为"沽"。此乃拆字扣底,为协律需要把"洞庭赊月"倒装成"赊月洞庭",化诗词成句为谜所用。"沽",一义为"买",用"沽"扣"买酒",滴水不漏,斯为提义扣底。

本谜采用双重扣合手法,力避单薄之

嫌，谜味更足。谜面极富诗情画意，句中不乏李谪仙的浪漫色彩。扣合谨严，手法不凡，平中见奇，不可多得。

侧听桑下有嬉声（8画字）析

杨耀学/赏析

这条字谜很切，谜人可以秒杀，适合作抢猜题；它又很有趣味，故事性强，引人遐思。"侧听""桑下""嬉声"，织出美好图景，有浓郁的生活气息。

"桑下"，场景好。桑树可高达 15 米，是人们栖息的好去处，隐藏着无尽的沧桑。"侧听"，趣镜头。脸侧一耳在前，是屏息谛听，但又不能走得太近，不能让被听者发现。"嬉声"，有情调。可能是孩童，可能是恋人，可能是老者，总之是欢快的、无拘束的、有说有笑的。既然被侧听，宁可推测是一对恋人。嬉笑者不知道有人在侧耳听，同样，听者实际上也听不清说的什么；制谜者不知人们能否猜中此字，同样，我们也不知作者心中依托的"嘻声"来源于哪一次生活体验。

扣合上,侧听为"听"字之侧面,可有"口""斤"两途;桑下为"木"。可组的字有"析""杏""呆",但谜面后三字提音,读"嘻"之声,可敲定为"析"。如此形音合扣,杜绝多底,是高手所为,也是字谜正道。所谓"形音义",形音为法,严谨为上;义为面境,优美为佳。本谜兼备焉。

郎潜白首至终遇(9画字)春

冯毅然/赏析

谜面出于《汉武故事》中的一则,说的是汉武帝刘彻登基后,尝坐车巡视其身边的郎署。所谓郎官,就是皇帝的护卫陪从(这"郎官"为战国始有,秦汉设置,到了东汉经过政改,郎官的任务就变了)。在巡视中,武帝常见郎官中有一位白发苍苍的老者,觉得奇怪,有次问他:"你是什么时候当郎官的?"老者答:"我名颜驷,是文帝时开始供职的。"文帝、景帝到武帝,已是三朝。于是武帝又问:"你是三朝老臣,人也老了,为何这么多年没被提拔?"颜驷曰:"文帝好文而臣好武,景帝好老而臣尚少,陛下好少而臣已老,是以三世不遇。故老于郎署。"武帝听了很有感触,叫他不要再陪王护驾,到江浙去当"会稽都尉"。至老才得到提升,就是"郎潜白发"至终遇的故事。

典故名为"郎潜白发",谜题上改成"郎潜白首",这是制谜人的苦心。说穿了,就因为"潜白首"可以扣合"日"字,而"潜白发"在谜中只有望"发"兴叹、无所作为!"郎潜白发"只能理解为颜驷当了三朝郎官,从青丝到白发,不起不跌。陆游《遣兴》诗曰"三朝执戟悲年往",即指此事。将"发"变为"首",改了一个字,在增损离合中就如鱼得水,活了。再说"郎"字,在谜中也不作官职解,而作为旧时妻对夫的通称。那么"郎"为"夫","潜白首"扣"日","至终"("至"字终尾)遇

"一",巧妙结合,就组成一个明媚艳丽的"春"字。此作冲出俗套,用词自然,构思奇巧,浑然天成,是一则有典化无典的佳谜。

写尽人生分与聚(9画字)牵

蔡 芳/赏析

"人生何处不离群""相见时难别亦难""悲欢离合都曾经有过""聚散两依依"……古往今来许多文学作品描写人生聚散的动人情感,扣人心弦。谜人也有分离聚合、遭逢际遇之感慨,"写尽人生分与聚"就是这种感慨的记录。但是,谜人的感慨与文人作品不同,在"写尽人生分与聚"的文义后面却另有隐微。

"写"和"人生"是面句的中心词,"与"是"分""聚"二者并列关系的连词。谜中的"与"虚词"实"用,表示为实实在在的一个字符,从"写"的字形结构中分离去字符"与",唯留下秃宝盖"冖"。"人生"有离合,笔画先分后聚变成"大牛"。"大牛"与"宀"合而成为谜底"牵"字。由面及底，字形演变妙造自然，聚合离散，踏雪无痕。

近年来，"牵"字入谜多有所见，且用增损离合之法佳制迭出。而此谜，谜面写的是人生分离聚合，谜法用的是字形笔画分离聚合，寓意各异，义理相通，形式与内容较好地得到统一，这就是此谜与其他"牵"字谜有别之处。是谜材难得，天然巧合，还是谜人匠心刻意经营？我以为两者兼而有之！若非如此，纵有妙手岂能等闲得之。

改革之日，人心思变（9画字）恰

钱燕林/赏析

作谜以字谜为最易，增损离合，均可拉凑成谜，但亦惟字谜是最难工整，且极易犯多底。以"改革之日，人心思变"射"恰"，"日"一经改革，化为"一口"，而"心"一变，成为竖心（忄），"人"则依然，而"恰"字成矣。天工巧合，趣从横生。夫谜者，以隐为神，以曲为胜，虽出意料之外，却在情理之中，既隐而曲，真得字谜之真谛，故乐为之评。

鹊桥一日巧搭就（10画字）莺

柯一沧/赏析

题面取材于牛郎织女神话。七夕鹊桥之说，汉时即有，至宋·罗愿《尔雅翼》卷十三所载"涉秋七日，（鹊）首无故皆髡。相传以为是日河鼓（即牵牛）与织女会于汉（天河）东，役乌鹊为梁以渡，故毛皆脱去"，故事细节乃备。此谜作者将这一妇孺皆知的故事，浓缩在自撰的七言律句之中，语句明白晓畅，却无直率浅薄之嫌，遣字平仄交错，故有雅俗共赏之效，使人见而喜之，喜而射之。

然而，若想射而中之，则须费工夫。谜作者把谜底一个单字生发为谜面一段故事，无典化有典，实是故布疑阵；猜射者则须摒弃典实，从析字转形入手，因为此谜在扣合技巧上实是有典化无典。

"鹊桥"与"莺"，风马牛不相及，但观其字形，两者均有相同字素"艹""鸟"和"冖"（象形为桥），不同处在于"一"和"日"的有无。此作拆底字"莺"为三个字素隐入面句，和"一""日"复合成"鹊桥"，"黄鹂对语无寻处，忽见双飞入别丛"（宋·杨万里）。至此，面句原意已荡然无存，猜者须将七字作二五顿读，别解为：底字"巧搭就""一""日"，便是"鹊桥"两个字。其间绾合之工巧，着实耐人寻味。

增损谜作之中，时见"巧"字缀于面句者，此谜亦然，但此谜"巧"字自有独特之处——它一字双用，既明示字形之巧合和扣合之巧妙，也暗寓牛女相会之日子和穿针乞巧之民俗。看似浮泛的冗字，在这里被用得恰到好处。

读此谜，余有感焉：必有慧眼，方能发现好材；必有匠心，方能出得妙招；必有巧手，方能架构佳作。乃作俚句赞曰：一入谜坛牛女惊,搭桥喜鹊渡黄莺。谜人乞尽仙人巧,手自机灵艺自精。

午来旧句正翻新(10画字)响

文汉源/赏析

诗以多改而精。正午时候,诗人偶尔触动了灵感,忆起旧句中欠妥之处,忽有所得而将旧句翻新改作。谜作者就是抓住了诗人这一瞬间行为,构造谜面,表现了一个诗人细致严谨,执着追求艺术完美的高雅情操和严谨的创作态度。正因为诗人治诗态度如此,因之才有作者奇思妙想的"响"字谜。

谜作用了提义和增损离合的手法。"旧句翻新"作成"响"字已是慧思独到;更兼以正午(晌午)的提义,不但增加了谜面诗化境界的意趣美,而且增加了谜底回萦灵澈的美趣。尤以"正"字由"正在"异化别解为"更正",可谓戛金断玉,了当而贴切,足见作者驾驭语言的高超能力。

楼灯一点人方睡（10画字）旃

蔡经湘/赏析

古诗中描写楼台夜景的诗不少，如宋·周邦彦《蝶恋花·秋思》"楼上阑干横斗柄"，写的是天将拂晓时候；宋·魏夫人《菩萨蛮》"楼台影动鸳鸯起"，写的是斜阳将落时分；而本谜所写则是夜深人困之时，楼中残灯一点依旧，说明主人刚刚入睡。

让我们再回过头来，看看作者是如何构谜的。象形一法，为"六书"之首法，于谜也可照样搬来应用。"丹"象形二层小楼，是再形象不过的；"丹"里的一点，想象成灯影恰到好处；"人方睡"把"人"倒成"⺈"，更是显得惟妙惟肖。或许室内太热，或许人已大困，主人竟然和衣而卧于室外走廊之上。再看"方"字，不但用来点明时间，而且修饰了谜意，在不经意之处，负起了"子字"的作用，虽"半露玉骨"又有何妨？综观全谜，天然去雕饰，实是一则富有语言美又兼艺术美之作。

寻春齐声唤牧童（10画字）桐

吴旭初/赏析

唐代杜牧《清明》诗云："清明时节雨纷纷，路上行人欲断魂。借问酒家何处有，牧童遥指杏花村。"其诗意谓清明踏青，路经山村，时雨纷纷行路难，思寻酒家以息足未得，问之牧童，而告之以杏花村。

作者把诗意深化为七言谜面。然兵不厌诈，谜不厌谬，此谜暗藏玄机，别有用意。谜中以"春"扣"木"；"齐声"在此处断读，"齐"一义为"同"，"木、同"合而得底。"木、同"其"声唤"为"牧童"（mù tóng），用音指明，前后相互呼应，两次重复扣合底字。

观此谜，环环相扣，遐思周密，设置灵巧，不囿俗套，使猜者于扑朔迷离之中难舍余甘之味。

深宫流水人隔墙（10画字）涡

胡　皓/赏析

谜文是写宫怨的。说起来，还有一段故事哩：唐朝天宝年间，洛阳宫苑里有个宫女，对着争艳竞芳的百花闷闷不乐。人在与世隔绝的深宫，痛苦不能自拔。一次，她在御沟边走过，看到流水淌出宫墙，偶见落叶随之漂出去，遂生出一个大胆的念头，捡起一片大大的梧桐叶，在上面写了一首诗："一入深宫里，年年不见春。聊题一片叶，寄与有情人。"此叶漂出宫苑被人拾到传播开来，诗人顾况读到诗后，很同情这个宫女的处境，便也找来一片大梧桐叶，在其上题一首七绝，然后到御沟上游放入水中，让叶片漂进宫中。诗这样写道："花落深宫莺亦悲，上阳宫女断肠时。帝城不禁东流水，叶上题诗欲寄谁？"言下之意，诗人希望自己的诗能给那个宫女带去一点安慰、一点同情，想让她不要过于悲伤。

故事哀怨动人。诗是痴情语,文笔婉曲,读来令人销魂。按下故事不提,单表成谜之法:"深宫",言"宫"之深处,托出"囗";"流水"为"氵";"隔墙"可想象成一"门","人"在墙内,成"内",想象谬巧。读之者神韵飞扬,"观之者动容,味之者无极"。

赏此句,笔者以为此作取唐温韦之神,又摄宋二晏之幽妍,清新凄婉,咀嚼有味。读此作,又信德国诗人一句话:"经验丰富的读书人用两只眼睛,一只眼睛看到纸面上的话,另一只眼睛,看到纸的背后。"不然,读者就是扑到诗页里,也只能是"入宝山空手而归"了。

远山在望牧牛归(11画字)眸

高庆樵/赏析

夕阳挂在天边的远山上,牧童横坐在牛背上悠闲地吹着短笛,走至大塘边,牛儿呼哧呼哧沉下水去,尽情地洗了个痛快的澡。

天色将晚,牧童只得攀下柳枝,爬上牛背,紧勒缰绳,逼它出水,赶快踏上回村的大道……

但是,机敏的谜人通过这无形的画、有声的诗,却隐藏着一个编织得天衣无缝的字——眸!请看谜作者的巧缀奇工:先以"远山"象形勾勒出"厶";接着用"在望"落实一个"目"字——实乃全谜之"眼"所在,更何况"望"字居全句之中心部位,加上前缀字"在",愈加确凿可见,以臻前后景色皆历历在目之功,显得新颖别致而老到;再以"牧牛归"三字明指底中有一"牛"字,为明取之法,"牧、归"均属抱合词:"牧"乃"放牧",在此却别解作"放入","归"者,"回、还"也,更含有"归根结底"之义,暗隐此"牛"须"放"在谜底的"底部"位置上。至此,以"厶""目""牛"三字素混合而成谜底。

吾评斯谜:语虽朴实无华,毫无雕琢造作之嫌,然而寓诗、画、谜三道于一体,平中见奇,神形兼备。白居易的诗为什么能与李、杜齐名？就是因为他的诗极具平易自然、深入浅出的艺术特色，为民间妇孺共乐道，于平淡中见精神也。此谜风格不亦然乎？

浪花四溅逐飞舟（11画字）豖

蔡　芳/赏析

题面将一幅激浪飞舟图活脱脱地展现在读者面前。作者善于撷取瞬息即逝、极具动感的画面入谜，令人如临湍流观景。见那一叶小舟冲破惊涛骇浪，疾速而过，飞向远方，不禁使人联想起宋代范仲淹《江上渔者》诗句"君看一叶舟，出没风波里"之意境，"激流勇进多豪迈"，激情油然而生。

乘舟飞出三界外，随波再入谜津中。汉字习惯三点为水，"浪花四溅"形如四点错落，虽非首创，却得巧妙应用。面句破读，后半句"逐飞舟"再生歧义。"辶"似一人挺立驾驭一叶扁舟，"逐"字里的扁舟（"辶"）一旦"飞逝"而去，唯余"豕"部。四点溅落"豕"上，匠心织就谜底

"涿"字。谜法本无奇,技艺有高下。法无定法,运用之妙,存乎谜者心中。谓予不信,斯谜即可见之一斑。

井边五柳伴桐生(11画字)梧

陈国迁/赏析

陶渊明曾为彭泽县令,归隐之后,门前种柳树五株,号"五柳先生"。李白《赠崔秋浦三首》之一诗曰:"吾爱崔秋浦,宛然陶令风,门前五杨柳,井上二梧桐。"谜作者从"陶宅五柳"及李白诗句中引申,借用而来,犹如"万卷山积,一篇吟成"。可想而知作者创作此谜,真要捻断几根须才能成功。苏东坡说"读破万卷诗愈美",杜甫说"语不惊人死不休",制谜如斯,堪得精妙,难得难得。制谜与写诗一样要讲究选材,选材不当,就像让慈禧穿着牛仔服演《垂帘听政》一样滑稽可笑。不同事典,俱可入谜,用得合拍,便成佳构。

此谜"井"隐"口"实无可非议,从

象形入手，或从量词"一口井"的借代关系入手，都恰到好处；"柳"，乃"树木"，扣"木"天经地义；"五"，作者笔锋直指龙潭，毫不掩饰；"边"，指明方位。这样谜面的前半部分"井边五柳"分别扣合"口""五""木"，从而组成"梧"字。最后三字"伴桐生"乍看似乎画蛇添足，如同节外横生枝叶，但经仔细推敲，方知作者暗藏玄机。其一，增添面句的韵味，朗朗上口；其二，为避谜作多底，铺垫释义。关键字是"桐"。翻开《辞海》的"梧"便是"梧桐"条。再看"桐"的注释："木名"，如"梧桐"。真是前呼后应，形影相吊，至此，明眼人不难领悟"梧"伴"桐"生之奥妙，如豹尾回顾，相当有力。

画蛇之后犹添足（12画字）跎

王幼堂/赏析

"画蛇添足"典出《战国策·齐策二》："楚有祠者，赐其舍人卮（古代盛酒的器皿）

酒。舍人相谓曰：'数人饮之不足，一人饮之有余；请画地为蛇，先成者饮酒。'一人蛇成，引酒且饮之，乃左手持卮，右手画蛇，曰：'吾能为之足。'未成，一人之蛇成，夺其卮曰：'蛇固无足，子安能为之足！'遂饮其酒。"蛇既然已经画好，又凭空添上几只脚（蛇本无脚），所以后人借此成语以讽喻事情做过了头，比喻多此一举。

作者拟谜，用拆字之法构造底字。"画蛇之后"中的"画"，在扣底时作写字描摹解。"画"与"写"在本质上是相通的，人类始做象形文字时，就是按物之形状一笔一笔画出来的，从原始意义上写字就是画字，故将字的每一笔称作"笔画"，又将直接临画物件称作"写生"。是以面上"画蛇"，造底时应作写"蛇"字解，"之后"作方位提示，意即所画为"蛇"字之"后部"，为"它"；"添足"，用"添"作加合词，即增添一"足"字旁，与"它"组合成底字。

对耳熟能详的成语在不改变其原义的基础上，稍附枝叶拟成谜面，看似容易，做起来却难度较大,既要有合适的底材相匹配,又要使加字后的面句通顺可读。

古梅半放小桥南(12画字)棠

蔡大金/赏析

在穆灿先生所有的字谜作品中,我最为欣赏这条谜。这条字谜的机巧之处,在于"古梅半放"的双重妙用。古梅者,"楳"字也。"楳"若作半是"呆","棠"字的一半就很快出来了。然仅作此解,难以完整地表达作者的创作意图,似乎也埋没了作者的良苦用心。何故?乃谜多诡诈。不配备高倍精确的显微镜,难以窥视其玄奥细微也。其实读破此谜的奥秘,并非十分困难。聚焦点放在"古梅"二字上即可。假设"古梅"不作"楳",是否有解呢?答案将是肯定的。请看"古、梅"二字,倘各取其半,不是有一"口"一"木"么?"口、木"何故不能组成"呆"?这谜呀谜,倾间就是一变。稍有不慎,就会让其溜过。庸者只知法一,不知法二；只知谜之有味，不知谜有多味。评谜人只有不断学习、多长见识，才能真正看到谜的内涵和深度。穆灿君是习制字谜多年的老手，他作谜原都是南派手法，从主编《中华字谜大全》始，才学作北派谜的，与他对阵，自己也得练就好拳脚。如他的"古梅半放乱登墙"射一"杏"字，亦是同此手法。评者若以"诗中有画，画中有诗"等套语去评，作者的苦心不是从此被抹煞了么？吾今还它一个庐山真面目。

本谜还有一巧。这一巧不是"小"的硬嵌，也不是"桥"（冖）的形架，而是"南"字的画龙点睛。"南"作方位词，似说梅花开放于桥南，实际是将"古梅半放"之"呆"安置于"冖"下。如此一来，"棠"字果真如盆中海棠，稳稳开放了。故吴仁泰先生评曰："'呆'置于桥南，虽词性相同，而取义不一，两处就范，各得其所。"

以上是仅就运法而言。若从谜面的语言意境考察，似乎还有一层意解。制谜千途百法，说到底离不开谜面语言文字的流畅和雅信。佶屈聱牙，群众看不懂；油腔滑调，流入江湖气。这正如一个人穿一件衣服，当以是否得体合身、美观大方为准则。总不能说胖人穿了瘦子的上衣，高个子穿了矮子的裤子为美吧。故谜面的成文顺义乃是制谜第一要素。本谜"古梅半放小桥南"语言清新、构景淡雅。我虽然不能从大量的唐诗宋词中找出相应的句例作比譬，但陆游《咏梅》词"驿外断桥边，寂寞开无主"还是记得的。既然野梅能开放于断桥边，为何古梅又不能开放于小桥南？由此可证谜作反映自然的可信。然"古梅"二字，鲜见古籍记载。唯《梅谱》云："古梅，会稽最多。"传说禅宗六祖慧能喜梅，所经之地常插梅为标志。不知六祖所植梅树，今在也不在？

末尾，我想说的是，本谜以"古梅半放小桥南"射一"棠"字，这使人骤然想起明杨升庵的诗句："棠花遥映野梅开"。这种"棠花"伴梅的题咏或许不止升庵一例。如《红楼梦》林黛玉《海棠》诗云："偷来梨蕊三分白，借得梅花一缕魂。"这也许是一种巧合，抑或也是作谜人未曾料到的吧。如果拿来评鉴谜作，不是也很合适的吗？

长大敢于缚虎来（12画字）蛰

许祯祥/赏析

这是一则用补入法通过会意构成的灯谜佳作。所谓佳者，理由有三：

一、气魄豪迈。面句表达的是一个孩童在向人宣示：我年纪还小，等长大了连老虎也能抓得来！这是何等豪迈的英雄气概。催人奋发，令人鼓舞。

二、谜味醇厚。谜底"蛰"字，本义指虫类在冬天伏藏不动，它与面句句义乍看并无什么必然联系。但作者根据底材"蛰"字的结构特点，把它分解为"执虫"并联想为"缚虎"的别象，只是其中缺少一个"大"字。于是在面句上切入"长大"一词加以补足，终使谜底成了"执大虫"而与谜面"缚虎"相扣。"长大"一词，表面看来，意为成长壮大，实际上作者暗藏机关：有意把它别解为"长出一个'大'字来"。至此,面底扣合从山重水复变得柳暗花明。换句话说:倘若没有"长"个"大"字,"缚虎"就难以做到,"执大虫"当然也就成了"执虫"(即蛰)。这种用补意法改造谜底,使之与谜面上某一事物别象相扣,而且面句回互其词,不露补入痕迹的谜作,读后令人感到谜味醇厚,齿颊留香。

三、抱衬得体。上面讲到"长大""缚虎"隐"蛰"的过程,可以说已经完成了面底思路的并轨。然而若以"长大缚虎"作面,则难免有零碎、拼凑、呆板、晦涩之嫌。它必须通过若干个字、词(这些字、词通常称为抱衬词)加以抱合连接,使谜面的句子通顺、音调和谐、情致优美。作者运用"敢于"和"来"这些抱衬词(从面句整体看,"长"字也是抱衬词),可谓既严谨又得体。例如"敢于",倘若作"无畏、勇于"解,则谜底无根,"敢于"成了抛荒。故"敢"应作"莫非"或"大约是"解(见《辞海》)。况且"缚"指捆绑,"执"乃捉拿，二者概念不尽相同。用"敢"字表示"大约是"，恰恰合适。"于"则作虚助词解。至于"来"字，在抱衬词中可视为祈使语气词。

总之，此谜手法灵巧，补入得当，抱衬严谨，扣合贴切，读之回味无穷。

明月牵丝好定情（13画字）愫

陈光亮/赏析

一句优美的词语，如诗如画；一次难忘的邂逅，似梦似痴！这也许是欣赏这则灯谜的第一感受。读者似乎看到一对青年伴侣，相依相偎地陶醉在迷人的月色中，互相牵连着丝丝情缕，约定下百年之好。

作者应用灯谜的特殊技巧，明修栈道，暗度陈仓，用增损离合手法击射底字，不能不说要颇费一番功夫了。

本谜的关键字眼是"情"与"愫"两字。"愫"字要变成"情"字，必须去"丝"（糹）换"月"。于是，谜面巧妙示意要把

"月"字明朗起来,而把"丝"字牵出,这样一来,就一定成了"情"字。以底叫人,于面"定情"两字密切相关,但又去留清楚,两相关应,底字就非"愫"字莫属。

此谜构思奇巧,偷梁换柱有术,谜法有独到之处,诚堪仿效。

独对远山无常态(13画字)魂

方建国/赏析

读了"独对远山无常态"之后,我联想起苏轼《题西林壁》诗句"横看成岭侧成峰,远近高低各不同"的意境来:从正面望去,高岭横空;从侧面看却成了峭拔的奇峰。随着人的观赏位置的变换,庐山便显得千姿百态、气象万千。谜面不正是此两句的浓缩吗?一个孤寂的人面对着逶迤的远山,表现出不寻常的神态,是游子思乡,抑或借景抒情?其实,这失魂落魄的情状,正隐含一个字——魂。

原来,作者设了三道玄机:"独"意为

一个,"独对"而为"二",顺理成章;"远山"乃"厶"的象形,约定俗成;"无常",鬼也。据《佛经》说,无常是专司勾摄生魂的鬼卒,有黑、白两无常。以"无常"借代"鬼",词通义顺。"二、厶、鬼"合成"魂"字形。形者,态也。此谜兼以会意、别解、象形、借代四种手法,佐以顿读,一波三折。值得一提的是:面句中的"对"由动词别解成为量词;"无"原指"不存在",作者通过顿读使"无/常态"改变语义为"无常/态","无"由形容词与"常"组合成名词。戏法人人会变,全凭技艺不同。此谜四种手法参差而用,虽不易一字,语义却大不相同。"魂"字由来有根有据。此乃作者对"回互其词""纤巧弄思"的具体实践,读罢令人击节三叹!

值得特别说明的是:"态"字并非闲字,它有双关的作用,于诗是山形变化万千;于谜,它有姿容、体态与情状、风致两义。古人想象人的精神能离开形体而存在的灵气叫做"魂"。《易·系辞上》:"精气为物,游魂为变。"把"无常"的情状概括无余,起到第二重扣合的作用。"无常态"三字用得十分有意思,集神、奇、精于一身。

窗前半醉思夫切(13画字)窣

顾为善/赏析

面句写的女主人公,未著姓字,可作一般闺情解读。但能于李清照词中看到此情此景:"任宝奁尘满,日上帘钩",暗点了"窗前";"新来瘦,非干病酒,不是悲秋",夹击出了思情;"休休,这回去也,千万遍阳关,也只难留",更是直抒"思夫切"的情怀。一首《凤凰台上忆吹箫》,跟本面内涵何其贴近乃尔!只是"半醉"无着落。但李清照喜饮、善饮、纵杯畅饮,时见其他词章:"浓睡不消残酒""沉醉不知归路"(俱见《如梦令》)俯拾即是。"非干病酒"的声明,也多少透露出酒气吧。

"窗前"可以扣"穴",也可以扣

"宀"，但毕竟以扣"穴"为好。"半醉"的概念就比较模糊，这"半"究竟是左半还是右半？前人曾有以"半推半就"扣"掠"的，在当时是行的，自从《汉字简化方案》公布后就行不通了，因为"就"的另一半"尤"跟提手旁（扌）组合为"扰"也成字，这便出现了多底。不过，"半醉"只能取右半"卒"，左半"酉"是不能跟"穴"组成字的。尽管如此，作者还特地用反切法（古时给汉字注音的一种方法）作了声扣。"思夫切"的"切"，在谜里是指反切。依据反切，前字取声，"思"取声母 s，后字取韵和调，"夫"取韵母和调 ū，反切成的 sū 正是底字"窣"的读音。离合加声扣，正是谜作者设计严密处。

鲛人临走知情重（多笔画字）衡

师卫华/赏析

一个"衡"字，一旦出现在谜人眼前，很轻易地就会被拆成"鱼人行"三个子字。将其连在一起，会产生诸如"行人、游鱼"或"鱼雁、成行"等联想，笔者所见的"衡"字谜大多是按此思路制成的。笔者也曾想从"沉鱼落雁""鱼书、行人"等处着手进行创作，但因均未能尽脱前人窠臼，遂作罢。今见作者此作，竟能巧借"鲛人泣珠"之典故，顿生耳目一新之感，不禁要为其叫一声好。

"鲛人泣珠"典出晋·张华《博物志》卷九："南海外有鲛人，水居如鱼，不废织绩，其眼能泣珠……从水出，寓人家，积日卖绡。将去，从主人索一器，泣而成珠，满盘以与主人。"此段文字平铺直叙，并未带多少感情色彩。作者借题发挥，出"鲛人临走知情重"之语，想是感念鲛人的慷慨吧，正如左思在《吴都赋》中所云："渊客慷慨而泣珠。"

扣合时以"鲛人临走"分扣"鱼、人、行"三部而组成底字，简洁明了，自无须赘述，唯"知情重"三字与"衡"之间的会意关系颇值得玩味。人非木石皆有情。虽说真情无价,但还愿天下人心中能有杆秤,时时去衡量一下自己所付出的情感,若每人都能以自己的一份真情换得他人的一份真情,相信这世界会因此变得更加美好。

由于谜人长年不懈的努力,字谜佳作至今已不胜枚举。这一方面是可喜可贺,另一方面也给谜人推陈出新增加了难度。谜人欲再出佳构,就必须在拆字技巧、谜面造句、手法翻新三个方面寻求突破。"衡情度理",此谜乃以谜面用典取胜。

后　记

黄穆灿先生（1941—2016）是当代重要的字谜作家，他爱谜成癖，可以说到了痴迷的地步，灯谜创作和编印谜刊、编纂谜书几乎占据了他全部的业余时间。20世纪90年代开始，他倾力于字谜创作，并用了十年时间编纂《中华字谜大全》和《中华字谜鉴赏大典》，这两部大书于世纪之交相继公开出版，是他半生心血的结晶，也是他对当代灯谜文化的重要贡献。

我与穆灿先生谜事交集甚多，曾与他合作编著《唐诗灯谜百首鉴赏》，协助他纂集《中华字谜大全》和《中华字谜鉴赏大典》，并通阅审订三书的全稿，对他宵衣旰食的乐谜精神钦佩有加，也对他的字谜创作艺术有较多的感知。他是一名机修老技工，做事习惯求尽美。文化基础原本不高的他，对自己创作字谜的要求甚高，反复查阅典籍与工具书推敲修改，大有谜不惊人不罢休的情结。编印的谜书刊讲求内容精、版面活、装帧美，在当时灯谜界是稳数一流的。他的字谜别有特色：

1. 喜用七言句式。他的谜面几乎清一色是七个字，并且刻意做到让平仄交替符合诗句的要求，有时甚至为了满足平仄的要求而宁愿调整用词，不惜影响语意和扣合的顺畅。

2. 设面语求有据。他拟制的谜面好多是借用典故或演化古今诗词，扣合常要辅助推理，不让字谜过于浅显。

3. 手法出新多变。他注重音、形、义的综合利用，象形、提音往往别出心裁，好些多重扣合的字谜作品融音、形、义为一体，把谜法演绎得粲然生辉。

当今，字谜创作的形态和理念与二三十年前已不尽相同。20世纪末叶，灯谜界出现的"断气谜"（由"断句谜"讹传）和"半露面"之说，误导作用颇大。"断句谜"的说法，把半离合半会意的词语谜一概视为病谜，却能容忍字谜离合、会意并用。"半露面"之说，不允许谜面的字直接取用作为谜底字词的部件，因而，造成一个时期字谜中离合、会意杂糅的作品颇多。黄穆灿的字谜也存在这类作品，这是当年谜风在传统谜人作品中留下的印迹，不能完全以今天的眼光来挑剔。

穆灿先生生前曾把自己的字谜作品精选出100条，请知名谜家逐一撰写成赏析文章，并请画师为每条谜作配上意境画，准备全部彩印自费出书。十多年前文字部分就已在石狮请人设计好版式，只是意境画尚未全部配齐，后因穆灿先生患病没法打理，此书未能编印成。几年前，我想把他这部分文稿整理出来，待适当的时机付印成书，曾向他女儿问起该书稿资料的下落，所惜一直未能找到，这是无法弥补的遗憾。今年6月，《百家字谜》丛书主编苏剑委托我选编《黄穆灿字谜300》，好在我珍藏有穆灿先生编印的全套谜书刊，因此他的字谜佳品和有代表性的名家赏析文章基本上都已选入这个分册，可以比较客观、全面地展现黄穆灿先生的字谜艺术造诣，亦可告慰他的谜魂。

本书选编过程中，穆灿先生生前好友师卫华先生提供了部分名家赏析穆灿字谜的电子文本，在此表示谢忱！

蔡　芳
2018年12月15日于其乡居